**FOLIO** JUNIOR

*Je me propose de dire*
*les métamorphoses des formes*
*en des corps nouveaux.*
Ovide, *Métamorphoses, Livre I*

Titre original : *The Daydreamer*
Édition originale publiée par Jonathan Cape, Londres, 1994

Ian McEwan

# Le Rêveur

Illustrations de Anthony Browne

Traduit de l'anglais
par Josée Strawson

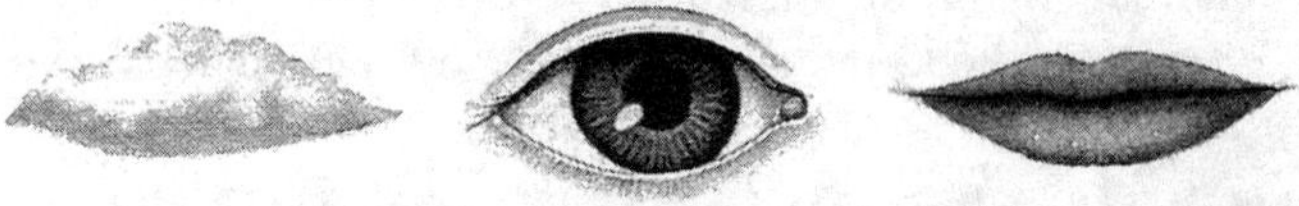

Gallimard Jeunesse

*Pour Polly, Alice, William et Gregory,*
*avec tous mes remerciements.*

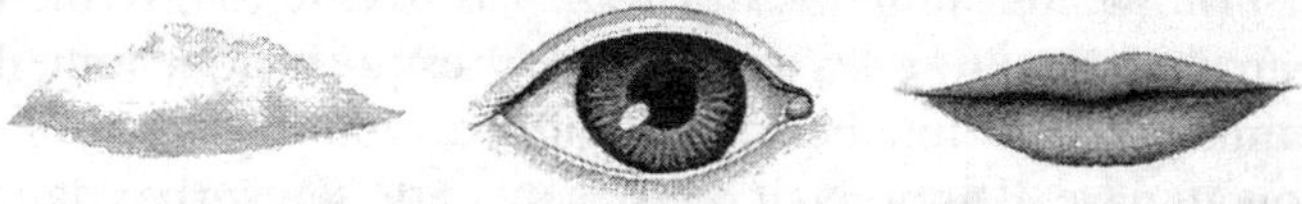

# Présentation de Peter

Lorsque Peter Fortune avait dix ans, les grandes personnes lui disaient parfois qu'il était un enfant « difficile ». Il ne comprenait jamais ce qu'ils entendaient par là. Il n'avait pas du tout le sentiment d'être difficile. Il ne fracassait pas de bouteilles de lait contre le mur du jardin, ne se badigeonnait pas la tête de ketchup pour faire croire qu'il était blessé, ne tailladait pas non plus les chevilles de sa grand-mère avec son épée, même si parfois ces idées lui traversaient l'esprit. Mis à part les légumes – pommes de terre exceptées – le poisson, les œufs et le fromage, il mangeait de tout. Il n'était ni plus bruyant, ni plus sale, ni plus bête que n'importe quelle personne de sa connaissance. Il avait un nom facile à prononcer et à épeler. Son visage, pâle et constellé de taches de rousseur, était aisément reconnaissable. Il allait tous les jours à l'école, comme les autres enfants, sans faire trop d'histoires. Il n'était pas plus horrible avec sa sœur qu'elle ne l'était avec lui. Aucun gendarme n'avait jamais frappé à la porte de la maison pour l'arrêter et aucun docteur en blouse blanche n'avait suggéré de l'interner dans un asile de fous. Pour autant qu'il pouvait en juger, il était en fait un enfant des plus faciles. En quoi était-il donc difficile ?

C'est seulement bien des années après être devenu adulte que Peter finit par comprendre. On le trouvait difficile parce qu'il parlait peu. Cela semblait gêner les gens. Et puis Peter aimait rester seul. Pas tout le temps, bien sûr. Ni même tous les jours. Mais, presque chaque jour, il aimait s'isoler une heure quelque part, dans sa chambre ou au parc. Il appréciait d'être seul et de s'absorber dans ses pensées.

Or, les adultes aiment à penser qu'ils savent ce qui se passe dans la tête d'un enfant de dix ans. Mais comment connaître les pensées de quelqu'un qui ne parle pas ? Lorsqu'ils apercevaient Peter allongé sur le dos, un après-midi d'été, en train de mâchonner un brin d'herbe, les yeux perdus dans le ciel, ils l'appelaient.

– Peter, Peter ! A quoi penses-tu ?

Peter sursautait et se redressait aussitôt.

– Oh mais… à rien. A rien du tout.

Les grands savaient bien qu'il se passait quelque chose dans cette tête-là, mais c'était quelque chose qu'ils ne pouvaient ni entendre, ni voir, ni sentir. Et ils ne pouvaient pas demander à Peter de s'arrêter parce qu'ils ignoraient ce qu'il manigançait. Peut-être était-il en train de mettre le feu à son école, ou d'offrir sa sœur en entremets à un alligator et de s'échapper ensuite en montgolfière… Mais tout ce que voyaient les grandes personnes, c'était un jeune garçon qui regardait fixement le ciel bleu sans cligner des yeux, un jeune garçon qui n'entendait pas lorsqu'on l'appelait.

De plus, il faut dire que les adultes n'aimaient pas non plus beaucoup qu'il reste seul. Eux qui n'aiment déjà pas que d'autres adultes restent seuls ! Lorsqu'ils sont ensemble, les gens ont une idée de ce qui trotte dans la tête des uns et des autres. Ce qui trotte dans la tête des uns trotte aussi dans la tête des autres. Mais il faut prendre part aux choses pour que cela soit vrai, sinon on risque de tout gâcher. Peter, lui, pensait autrement. Bien sûr, c'était très bien de se joindre aux autres, c'était normal. Mais les gens le faisaient beaucoup trop. En fait, si les gens passaient moins de temps à se réunir et à inviter les autres à se joindre à eux et s'ils passaient chaque jour un moment en tête à tête avec eux-mêmes à se rappeler qui ils sont et à se demander qui ils pourraient être, le monde serait alors meilleur et il n'y aurait peut-être plus jamais de guerre.

A l'école, il lui arrivait souvent de laisser son corps assis à son pupitre pendant que son esprit partait vagabonder. Et, même à la maison, ses rêveries pouvaient parfois lui causer des ennuis. Un jour, à Noël, Thomas Fortune, le père de Peter, était occupé à accrocher des guirlandes dans le salon. C'était une chose qu'il détestait faire. Cela le mettait toujours de mauvaise humeur. Il avait décidé de suspendre des serpentins au plafond, dans un coin du salon. Or, à cet endroit se trouvait un fauteuil et, assis dans ce fauteuil, à ne rien faire de particulier, se trouvait Peter.

– Ne bouge pas, Peter, lui dit Thomas Fortune. Je vais monter sur le dossier de ton fauteuil pour atteindre ce coin, là, en haut.

– Pas de problème, répondit Peter. Vas-y.

Et Thomas Fortune de grimper sur le fauteuil et Peter de partir dans la lune. On aurait juré qu'il était là à ne rien faire mais, en fait, il était extrêment occupé. Il était en train d'inventer un moyen tout à fait excitant de dévaler la pente d'une montagne à l'aide d'un cintre et d'une bonne cordée de fil de fer tendue aussi fort que possible entre les sapins. Il essayait de résoudre ce problème tan-

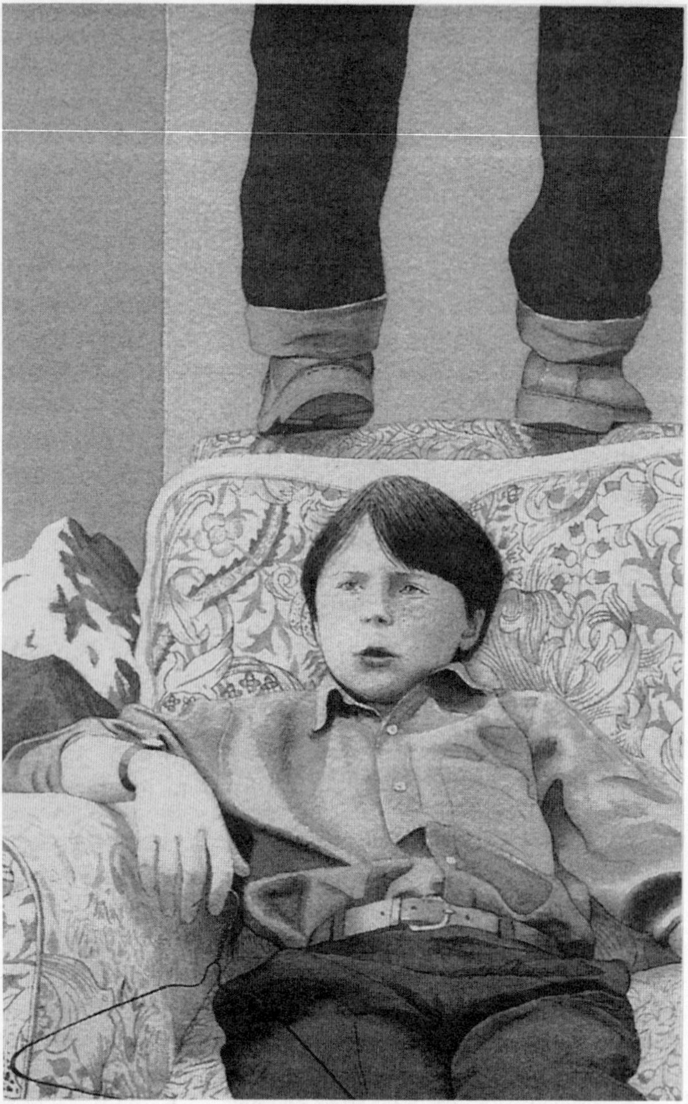

dis que son père, perché sur le dossier du fauteuil, se contortionnait avec force halètements pour atteindre le plafond. Comment faire, se demandait Peter, pour glisser jusqu'en bas sans se cogner dans les arbres auxquels le fil de fer était accroché ?

Était-ce à cause de l'air pur des cimes ? Toujours est-il que Peter se souvint qu'il avait faim. Or, dans la cuisine se trouvait justement un paquet de biscuits au chocolat qui n'était pas encore entamé. Il aurait été vraiment dommage de continuer à les ignorer. Alors qu'il se levait, il entendit derrière lui un épouvantable fracas. Il fit volte-face juste à temps pour voir son père plonger la tête la première entre le mur et le fauteuil.

Puis Thomas Fortune refit surface, toujours la tête la première, avec l'air de vouloir transformer Peter en chair à pâté. A l'autre bout de la pièce, la mère de Peter enfouit son visage dans ses mains pour dissimuler son fou rire.

– Oh pardon, papa ! s'exclama Peter. J'avais oublié que tu étais là.

Quelque temps après son dixième anniversaire, on confia à Peter la mission d'emmener à l'école Kate, sa petite sœur de sept ans. Peter et Kate allaient tous deux à la même école. Il fallait une quinzaine de minutes à pied et quelques minutes à peine en autobus. D'habitude, c'était leur père qui les accompagnait en se rendant à son travail. Mais, à présent, les enfants étaient censés être assez grands pour y aller seuls, en autobus, et la responsabilité en incomba à Peter.

Il n'y avait que deux arrêts d'autobus entre leur maison et l'école mais, à en croire ses parents qui en faisaient toute une histoire, on aurait cru que Peter emmenait

Kate au pôle Nord. Peter reçut un tas de recommandations parentales la veille au soir, le lendemain matin à son réveil et pendant tout le petit déjeuner. Alors que les enfants s'apprêtaient à franchir la porte, leur mère, Viola Fortune, récapitula une dernière fois les règles à suivre. « Tout le monde doit penser que je suis idiot, se dit Peter. Peut-être le suis-je vraiment. » Il ne fallait pas qu'il lâche la main de Kate une seule seconde. Il fallait qu'ils s'assoient en bas, Kate du côté de la fenêtre, et ils ne devaient pas engager la conversation avec qui que ce soit d'étrange ou de suspect. Il fallait que Peter prévienne le conducteur d'autobus du nom de son arrêt à voix haute et claire, sans oublier de dire « s'il vous plaît ». Il ne devait pas quitter la route du regard.

Peter répéta ces règles une à une à sa mère et partit main dans la main avec sa sœur vers l'arrêt d'autobus. Pendant tout le chemin ils se tinrent par la main. A vrai dire, cela n'embêtait pas Peter parce qu'en fait il aimait bien Kate. Il espérait seulement qu'aucun de ses copains ne le verrait ainsi avec une fille. L'autobus arriva. Ils y montèrent et s'installèrent en bas. C'était ridicule d'être assis là, comme ça, d'autant plus qu'il y avait près d'eux des garçons de l'école de Peter : ils se lâchèrent donc la main. Peter se sentit empli de fierté. Il pouvait prendre soin de sa sœur n'importe où. Elle pouvait compter sur lui. Imaginons que, se trouvant tous les deux seuls sur un sentier de montagne ils tombent nez à nez avec une meute de loups affamés, eh bien, il saurait exactement quoi faire. Il prendrait grand soin de ne faire aucun mouvement brusque et reculerait avec sa sœur jusqu'à pouvoir s'adosser contre un grand rocher. Ainsi, les loups ne pourraient pas les encercler. Peter sortirait alors de sa poche deux choses essentielles qu'il n'oublie jamais d'emporter avec lui : son couteau de chasse et une boîte d'allumettes. Il sort le couteau de son étui et le pose sur l'herbe, au cas où les loups attaqueraient. Les voilà qui s'approchent à présent. Ils sont tellement affamés que, la gueule dégoulinante de bave, ils grognent et poussent des hurlements. Kate éclate en sanglots, mais il ne peut pas la réconforter. Il sait qu'il doit se concentrer sur son plan. Juste à ses pieds se trouvent des feuilles sèches et des brindilles. D'un geste habile et leste, Peter en fait un petit tas. Les loups se rapprochent insensiblement. Il faut qu'il réussisse son coup. Il ne reste qu'une seule allumette dans la boîte. L'haleine des loups parvient à leurs narines – une puanteur fétide de viande pourrie. Il se penche, met les mains en coupe et frotte l'allumette. Un souffle de vent fait vaciller la flamme mais Peter la tient tout près du petit tas et une feuille prend feu, puis une autre, puis l'extrémité d'une brindille et, bientôt, tout le petit tas flambe. Il ajoute des feuilles et des brindilles et des morceaux de bois. Kate comprend et se met à l'aider. Les loups commencent à battre en retraite : les bêtes sauvages ont une peur bleue du feu. Les flammes s'élancent de plus en plus haut et le vent pousse la fumée dans leurs mâchoires dégoulinantes. Peter saisit à présent le couteau de chasse et…

Absurde ! C'étaient des rêveries de ce genre qui risquaient de lui faire rater son arrêt d'autobus s'il n'y prenait garde. Le bus s'était immobilisé. Les enfants de son école descendaient déjà. Peter bondit sur ses pieds et parvint tout juste à sauter sur le trottoir tandis que l'autobus se remettait en marche. Il avait déjà parcouru une vingtaine de mètres lorsqu'il prit conscience d'avoir oublié quelque chose. Son cartable ? Non ! C'était sa sœur ! Il l'avait sauvée des loups et il l'avait laissée assise dans le bus. Pendant un instant, il demeura figé sur place. Il regarda l'autobus s'éloigner le long de la rue.

– Reviens, murmura-t-il, reviens.

L'un des garçons de son école s'approcha de lui et lui décocha une grande bourrade dans le dos.

– Ben alors, qu'est-ce qui t'arrive ? T'as vu un fantôme ?

La voix de Peter sembla venir de très loin.

– Oh non, rien, rien du tout. J'ai oublié quelque chose dans l'autobus.

Et il se mit à courir. L'autobus était déjà trois cents mètres plus bas et s'apprêtait à ralentir en vue de l'arrêt suivant. Peter piqua un sprint. Il courait tellement vite que, s'il avait étendu les bras, il aurait probablement pu décoller. Il aurait alors effleuré les cimes des arbres et… Mais non ! Il n'était pas question de repartir dans ses rêveries. Il allait récupérer sa sœur. Elle devait être en train de hurler de terreur.

Quelques passagers étaient descendus, et voilà que l'autobus repartait une fois de plus. Mais Peter s'en rapprochait. L'autobus était ralenti par un camion. Si seulement Peter pouvait maintenir sa course et oublier la douleur qui lui déchirait la poitrine et les jambes, il arriverait à le rattraper. Lorsqu'il parvint à l'arrêt, le bus ne se trouvait qu'à une cinquantaine de mètres de lui.

– Plus vite, plus vite, s'encouragea-t-il.

Un gosse, qui se tenait près de l'abri d'autobus, l'interpella au moment où il passait.

– Peter, Peter !

Peter n'avait pas la force de tourner la tête.

– Peux pas m'arrêter, haleta-t-il en continuant à courir.

– Peter ! Arrête ! C'est moi, Kate !

Les mains crispées sur la poitrine, il s'affala sur l'herbe aux pieds de sa sœur.

– Attention à ces crottes de chien, lui conseilla-t-elle avec calme, en observant son frère qui cherchait à reprendre son souffle. Bon, allez, dépêche-toi maintenant. Il vaut mieux qu'on y aille si on ne veut pas être en retard. Tu devrais me tenir la main, ça t'évitera bien des histoires.

Tous deux se dirigèrent ainsi vers l'école, et Kate eut la courtoisie de lui promettre – en échange de son argent de poche du samedi – de ne rien raconter à la maison.

L'ennui d'être un rêveur, et un rêveur qui ne dit pas grand-chose, c'est qu'à l'école, les profs, surtout ceux qui ne vous connaissent pas très bien, ont tendance à vous prendre pour un imbécile. Ou du moins pour quelqu'un qui serait dépourvu d'intérêt. Personne ne peut voir les choses époustouflantes qui se passent dans votre tête. Un professeur observant Peter, les yeux fixés sur la fenêtre ou rivés sur une feuille de papier posée sur son pupitre, pouvait bien penser qu'il s'ennuyait ou qu'il n'arrivait pas à trouver une réponse. Mais, en vérité, c'était loin d'être le cas.

Un matin, par exemple, la classe de Peter devait faire une interrogation écrite de maths. Il fallait additionner d'assez grands nombres, et les élèves avaient vingt minutes pour le faire. Dès qu'il eut commencé sa première addition – ajouter trois millions cinq cent mille deux cent quatre-vingt-quinze à un autre nombre pratiquement aussi grand – Peter se mit à songer au plus grand chiffre du monde. Il avait lu la semaine précédente qu'il existait un nombre qui portait un nom merveilleux : googol. Un googol, c'était dix multiplié par dix, cent fois. Et avec une centaine de zéros après. Et il y avait un mot encore plus épatant, une véritable petite beauté : un googol plex. Un googol plex, c'était dix multiplié par dix, un nombre googolien de fois. Tu parles d'un chiffre !

Peter laissa son esprit vagabonder dans l'immensité infinie de ce nombre. Les zéros flottaient dans l'espace comme des bulles. D'après ce que lui avait appris son père, les astronomes avaient établi que le nombre total d'atomes contenus dans les millions d'étoiles qu'ils apercevaient dans leurs télescopes géants était un dix suivi d'un cortège de quatre-vingt-dix-huit zéros. La somme de tous les atomes de l'univers n'arrivait même pas à la cheville d'un simple googol. Et un googol n'était qu'une minuscule miette comparée au googol plex. Si vous demandiez à quelqu'un un googol de caramels au chocolat, il n'y aurait jamais assez d'atomes dans l'univers pour les fabriquer.

Peter appuya sa tête contre sa main et soupira. A cet instant précis, le professeur tapa dans ses mains. Vingt minutes s'étaient écoulées. Peter n'avait fait qu'écrire le premier chiffre de sa première addition. Tous les autres avaient fini leur devoir. Le professeur avait observé Peter, les yeux fixés sur sa feuille, sans rien écrire, soupirant.

Peu de temps après, on le transféra dans un groupe d'enfants qui avaient des difficultés à additionner, y compris des nombres aussi petits que quatre et six. Peter ne tarda pas à s'ennuyer ferme et à avoir encore plus de mal à se concentrer. Les professeurs commencèrent à penser qu'il était trop mauvais en maths, même pour ce groupe-là. Qu'allaient-ils faire de lui ?

Bien entendu, les parents de Peter et sa sœur Kate savaient que Peter ne s'ennuyait pas en classe et qu'il n'était ni bête ni paresseux, et quelques-uns des professeurs de son école en vinrent à réaliser qu'il se passait toutes sortes de choses fascinantes dans sa tête. Peter lui-même apprit en grandissant que, puisque les gens ne peuvent pas voir ce qui se passe dans votre tête, la meilleure des choses à faire, si vous voulez qu'ils vous comprennent, c'est de leur raconter. Et c'est ainsi qu'il se mit à écrire quelques-unes des aventures qui lui arrivèrent durant ses rêveries à la fenêtre ou allongé sur le dos, les yeux perdus dans le ciel. Lorsqu'il grandit, il devint inventeur et également écrivain d'histoires et vécut très heureux.

Vous trouverez dans ce livre quelques-unes des aventures étranges qui survinrent dans la tête de Peter, transcrites mot pour mot telles qu'elles se déroulèrent.

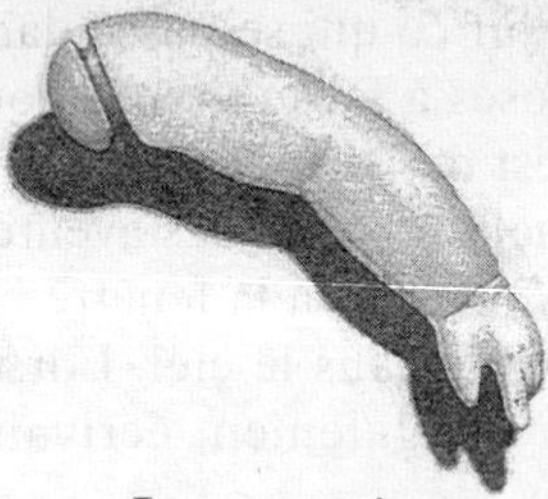

## Les poupées

D'aussi loin qu'il s'en souvienne, Peter avait partagé sa chambre avec Kate. La plupart du temps, cela ne le gênait guère.

Kate n'était pas mal comme sœur. Elle le faisait rire. Et quand, certaines nuits, Peter se réveillait en sursaut à cause d'un cauchemar, il était bien content d'avoir quelqu'un d'autre avec lui dans la chambre, même s'il s'agissait de sa sœur de sept ans, bien incapable de l'aider contre les créatures à la peau rouge et visqueuse qui le pourchassaient dans son sommeil. Lorsqu'il se réveillait, les monstres se glissaient derrière les rideaux ou se faufilaient à pas de loup dans l'armoire. Grâce à la présence de Kate, il lui était un peu plus facile de descendre de son lit et de se précipiter dans la chambre de ses parents de l'autre côté du palier.

Mais, parfois, cela l'ennuyait d'avoir à partager sa chambre. Et cela ennuyait Kate aussi. Il y avait ces longs après-midi où ils se tapaient mutuellement sur les nerfs. Une chamaillerie se transformait en dispute et la dispute en bataille, une bonne bataille avec coups de poing, égratignures et cheveux tirés à qui mieux mieux. Etant donné que Peter était l'aîné de trois ans, il comptait bien remporter ces combats à mort. Et, d'une certaine façon, c'était lui le vainqueur. Kate ne manquait jamais d'être la première à pleurer.

Mais s'agissait-il réellement d'une victoire ? Kate pouvait se retenir de respirer jusqu'à ce que son visage prenne la couleur d'une prune bien mûre. Et elle n'avait plus qu'à descendre quatre à quatre les marches de l'escalier et montrer à sa mère « ce que Peter avait fait ». Elle pouvait aussi rester étendue par terre en émettant du fond de sa gorge une espèce de râle d'un timbre métallique qui faisait croire à Peter qu'elle était sur le point de mourir. Et c'était lui qui devait alors descendre les marches quatre à quatre pour chercher maman. Une autre chose que Kate pouvait faire, c'était hurler. Une fois, en plein milieu d'une de ses colères assourdissantes, une voiture qui passait devant la maison s'était arrêtée et un homme en était descendu, levant un regard inquiet vers la fenêtre de la chambre à coucher. Peter regardait par la fenêtre à ce moment-là. L'homme traversa le jardin en trombe et tambourina à la porte d'entrée, persuadé qu'il se passait quelque chose de terrible à l'intérieur. Et c'était bien le cas : Peter avait emprunté un objet à Kate et elle exigeait qu'il le lui rende. Tout de suite !

Dans ces occasions-là, Peter était immanquablement celui qui se faisait gronder tandis que Kate s'en tirait victorieuse. C'était du moins ainsi que Peter voyait les choses. Lorsqu'il piquait une colère contre Kate, il lui fallait réfléchir à deux fois avant de la frapper. Il leur arrivait quelquefois de maintenir la paix en traçant une ligne de démarcation imaginaire de la porte jusqu'au fond de la chambre. Le côté de Kate par là, celui de Peter par ici. De ce côté-ci, la table de dessin et de peinture de Peter, son unique peluche, une girafe au cou tordu, les panoplies de chimie, d'électricité et d'imprimerie qui n'étaient jamais aussi amusantes que le promettaient les images sur les couvercles des boîtes, et enfin la malle en fer-blanc recelant ses secrets, une malle que Kate cherchait perpétuellement à ouvrir.

De l'autre côté, la table de dessin et de peinture de Kate, son télescope, son microscope, son jeu de magnétisme qui étaient, eux, aussi amusants que le promettaient les images sur les couvercles, et puis, parsemées tout autour de sa partie de la chambre, ses poupées. Oisives, elles étaient assises les unes à côté des autres sur le rebord de la fenêtre, jambes pendantes ; elles s'empilaient en équilibre sur sa commode, retombant mollement sur son miroir ; elles s'entassaient les unes sur les autres dans le landau, comme des voyageurs dans un train de banlieue. Celles qui étaient en faveur se rapprochaient subrepticement de son lit. Il y en avait de toutes les couleurs, d'un noir ébène luisant au blanc blafard, bien que la plupart soient du rose le plus vif. Certaines étaient nues. D'autres portaient pour tout vêtement une chaussette, un tricot ou un bonnet. Quelques-unes étaient en grand tralala : robe de bal nouée d'une large ceinture, robe à dentelles et longue jupe à la traîne enrubannée. Elles étaient toutes différentes, mais elles avaient cependant quelque chose en commun : de grands yeux écarquillés dardant un regard étrange, coléreux, qui ne cillait jamais. Elles étaient censées être des bébés, mais leur regard les trahissait. Les bébés ne regardent jamais personne comme ça. Peter se sentait observé lorsqu'il passait devant elles et il les soupçonnait, la soixantaine qu'elles étaient, de parler de lui lorsqu'il n'était pas dans la chambre.

Elles ne faisaient néanmoins aucun mal à Peter, et il y en avait une seule qu'il avait réellement en aversion : la Vilaine Poupée. Même Kate ne l'aimait pas. Elle en avait peur, tellement peur qu'elle n'osait même pas la jeter au cas où elle reviendrait se venger au milieu de la nuit. La Vilaine Poupée était reconnaissable au premier coup d'œil. Elle était d'un rose qui n'avait rien d'humain. Sa jambe gauche et son bras droit avaient été arrachés de leurs cavités articulaires longtemps auparavant et, tout en haut de son crâne piqué de petits trous, se dressait une épaisse touffe de cheveux noirs. Les fabricants avaient eu l'intention de lui donner un gentil petit sourire, mais quelque chose n'avait sans doute pas fonctionné au moulage car la Vilaine Poupée découvrait les dents de façon méprisante et fronçait des sourcils comme si elle cherchait à se remémorer la chose la plus désagréable du monde.

De toutes les poupées, la Vilaine Poupée était la seule à n'être ni garçon ni fille. La Vilaine Poupée était tout simplement « ça ». Elle était nue, assise le plus loin possible du lit de Kate, tout en haut de la bibliothèque d'où elle jetait un regard dédaigneux sur les autres poupées. Kate la prenait parfois dans ses bras dans l'espoir de l'amadouer par ses murmures, mais elle ne tardait pas à frissonner et s'empressait de la remettre à sa place.

L'invisible ligne de démarcation fonctionnait bien lorsqu'ils y pensaient. Il fallait qu'ils se demandent la permission avant de traverser le territoire de l'autre. Kate n'avait pas le droit de fouiner dans le coffre secret de Peter et Peter ne pouvait pas toucher au microscope de Kate sans autorisation. Les choses se passaient tant bien que mal jusqu'à ce dimanche après-midi pluvieux où ils commencèrent à se disputer – l'une de leurs pires cha-

mailleries – quant à l'endroit précis où se trouvait la ligne. Peter était convaincu qu'elle était plus éloignée de son lit. Cette fois-ci, Kate n'eut pas besoin de devenir écarlate ni de faire semblant de mourir ni de se mettre à hurler. Elle envoya valdinguer la Vilaine Poupée contre le nez de Peter. La tenant par sa jambe potelée et rose, elle la balança de toutes ses forces en travers du visage de son frère. Et ainsi, cette fois, c'est Peter qui dévala l'escalier en pleurant. Le nez ne lui faisait pas vraiment mal, mais il saignait et il voulait en tirer le meilleur parti possible. Il étala le sang sur son visage du revers de la main tout en descendant les marches quatre à quatre et, une fois dans la cuisine, il s'affala sur le sol aux pieds de sa mère en se tordant de douleur, en pleurant et en gémissant. Il va sans dire que Kate eut des ennuis et des ennuis sérieux.

Cette dispute décida leurs parents à décréter qu'il était temps que Peter et Kate aient des chambres séparées. Peu après le dixième anniversaire de Peter, son père entreprit de mettre de l'ordre dans ce qu'on appelait « le cagibi », bien qu'il ne s'y trouvât aucune cage mais simplement de vieux encadrements de tableaux et quelques fauteuils défoncés. Peter aida sa mère à repeindre la pièce. Ils y suspendirent des rideaux et y installèrent tant bien que mal un énorme lit de fer orné de boules de cuivre.

Kate était tellement ravie qu'elle aida Peter à transporter ses affaires de l'autre côté du palier. Finies les bagarres. Et elle n'aurait plus à entendre ces gargouillis et sifflements répugnants que son frère émettait dans son sommeil. Quant à Peter, il ne pouvait plus s'arrêter de chanter. A présent, il avait un endroit où aller, un endroit où… eh bien, où être, tout simplement. Cette nuit-là, il monta se coucher une demi-heure plus tôt afin de savourer son coin à lui, ses objets, sans ligne invisible scindant la pièce en deux. Allongé dans la pénombre de sa chambre, il se dit qu'il était juste qu'enfin quelque chose de positif soit arrivé à cause de cette petite horreur de Vilaine Poupée.

Ainsi passèrent les mois et Peter et Kate s'habituèrent à avoir chacun sa chambre et n'y accordèrent plus grande attention. Les dates intéressantes se succédèrent : l'anniversaire de Peter, la nuit des feux d'artifices, Noël, l'anniversaire de Kate, et puis Pâques. Deux jours après la chasse à l'œuf de Pâques de la famille, Peter se trouvait dans sa chambre, sur le lit, s'apprêtant à manger son dernier œuf. C'était le plus gros et le plus lourd, raison pour laquelle il l'avait gardé en dernier. Il le dépouilla de son emballage de papier aluminium argent et bleu. L'œuf avait presque la taille d'un ballon de rugby. Peter le tint entre ses deux mains et l'observa longuement. Puis, l'approchant de lui, il perça la coquille de ses deux pouces. Comme il aimait ce lourd et somptueux parfum de cacao qui émanait de ses profondeurs obscures ! Il approcha l'œuf de ses narines et en huma l'arôme. Puis il se mit à le manger.

Dehors, la pluie tombait. Il restait encore une semaine de vacances. Kate était chez une amie. Il n'y avait rien d'autre à faire que manger. Vingt minutes plus tard, il ne restait de l'œuf que son emballage. Peter se leva, vacillant légèrement. Il avait mal au cœur et il s'ennuyait, combinaison idéale pour un après-midi pluvieux. Comme c'était bizarre : avoir sa chambre à lui n'avait plus rien d'excitant.

– J'en ai assez du chocolat, soupira-t-il en se dirigeant vers la porte de sa chambre. Assez de ma chambre !

Debout sur le palier, il se demanda s'il était sur le point de vomir. Mais, au lieu d'aller au cabinet de toilette, il se dirigea vers la chambre de Kate et y entra. Il y était retourné des centaines de fois, bien sûr, mais jamais seul. Il s'immobilisa au centre de la pièce, observé, comme d'habitude, par les poupées. Il se sentait tout drôle et chaque chose lui semblait différente. La chambre était plus spacieuse et il n'avait jamais remarqué la déclivité du parquet auparavant. Les poupées semblaient être beaucoup plus nombreuses avec leur regard vitreux et, alors qu'il longeait la pente vers son ancien lit, il lui sembla entendre un bruit, une sorte de bruissement. Il pensa voir quelque chose bouger mais, lorsqu'il se retourna, tout était tranquille.

Il s'assit sur le lit et se mit à songer à l'époque où il y dormait. Il n'était encore qu'un gamin dans ce temps-là. Neuf ans ! Que pouvait-il bien savoir à cet âge ! Si seulement il pouvait revenir en arrière et, armé de ses dix ans, partager son savoir avec ce pauvre innocent d'alors. Quand on arrive à dix ans, on commence à voir un peu le tableau, à envisager les rapports qu'il y a entre les choses, la façon dont les choses marchent... On a une vue d'ensemble...

Peter était tellement absorbé par l'effort qu'il faisait pour se remémorer son « moi » et son ignorance, six mois auparavant, qu'il ne remarqua pas la silhouette qui traversait le tapis dans sa direction. Il poussa un cri de surprise en l'apercevant, se précipita d'un bond sur le lit et replia les jambes. Maladroitement, mais sûrement, la Vilaine Poupée marchait sur lui. Elle s'était emparée d'un pinceau sur le bureau de Kate dont elle se servait comme d'une béquille. Elle traversait la chambre avec un claudiquement ponctué de grognements, en marmonnant de gros mots qu'on ne devrait jamais entendre, même dans la bouche d'une Vilaine Poupée. Elle s'immobilisa au pied du lit pour reprendre son souffle. Peter s'étonna de voir à quel point son front et sa lèvre supérieure étaient couverts de sueur. La Vilaine Poupée posa le pinceau contre le lit et s'essuya le visage de son unique avant-bras. Puis, elle lança un coup d'œil à Peter, empoigna sa béquille et s'apprêta à grimper sur le lit.

Atteindre avec un seul bras et une seule jambe une hauteur qui fait trois fois votre taille, est un exercice qui demande force et patience. La Vilaine Poupée n'en avait guère. Son petit corps rose tremblait sous l'intensité de l'effort alors qu'elle s'arc-boutait, à mi-hauteur du montant du lit, afin de faire levier avec son pinceau. Les halètements et grognements s'amplifièrent et devinrent de plus en plus pitoyables. Peu à peu, plus ruisselante de sueur que jamais, la tête apparut dans le champ de vision de Peter. Il aurait facilement pu étendre le bras et asseoir la créature sur le lit et, tout aussi facilement, l'écrabouiller par terre. Mais il ne bougea pas. C'était bien trop intéressant. Il voulait voir ce qui allait se passer. Tandis que la Vilaine Poupée se hissait centimètre par centimètre en vitupérant « Sacrebleu et crocs d'enfer ! » et « Que le diable l'emporte ! » et « Cochonnerie de crème anglaise ! », Peter s'aperçut que toutes les poupées avaient tourné la tête vers lui. Des yeux plus écarquillés que jamais dardaient sur lui leur regard bleu acier et il y avait dans l'air un doux bruissement aquatique comme de l'eau cascadant sur des rochers, bruissement qui s'enfla en murmure puis en torrent quand un frisson d'excitation parcourut les cinq douzaines de spectatrices.

– Elle y arrive ! entendit-il l'une d'elles crier.

Et une autre de répondre :

– Et maintenant, il va y avoir du spectacle !

Et une autre de s'écrier :

– Que justice soit faite ! et une bonne vingtaine de poupées acquiesça bruyamment.

– Oui !

– Absolument !

– Bien dit !

La Vilaine Poupée avait réussi à placer son bras sur le lit et avait lâché sa béquille. Elle tentait de s'agripper à la couverture pour se hisser sur le lit. Et, pendant qu'elle s'y efforçait, une houle d'encouragement s'éleva de l'autre côté de la chambre et voilà tout à coup les poupées, toutes les poupées, en marche vers le lit. Des rebords des fenêtres et du haut du miroir, du lit de Kate et du landau, elles s'élançaient par bonds et cabrioles, cascadant, déferlant et jaillissant sur la moquette. Les poupées en robe longue poussaient de petits cris aigus lorsqu'elles trébuchaient et tombaient. Celles qui étaient nues ou qui n'avaient qu'une chaussette au pied se mouvaient avec une aisance horrifiante. Et elles déferlaient, en vagues brunes et roses, noires et blanches, et sur toutes les lèvres moulées en une même moue il y avait ce même cri :

– Que justice soit faite ! Que justice soit faite !

Et dans chaque large prunelle cristalline étincelait la colère que Peter avait toujours soupçonnée se cacher derrière ce joli bleu poupon.

La Vilaine Poupée avait réussi à grimper sur le lit et elle s'y dressait, exténuée mais fière, saluant la foule à ses pieds. Les poupées se pressaient les unes contre les autres, hurlant leur approbation, levant leurs petits bras potelés, pleins de fossettes, en hommage à leur chef.

– Que justice soit faite ! reprirent les poupées dans leur mélopée.

Peter s'était replié à l'autre bout du lit. Il était adossé

contre le mur, les bras encerclant ses genoux. Tout ceci était vraiment extraordinaire. Aucun doute : sa mère allait entendre ce vacarme et monter les faire taire.

La Vilaine Poupée avait besoin de reprendre son souffle et elle laissa la mélopée se poursuivre. Puis elle ramassa le pinceau-béquille et le silence se fit parmi la meute de poupées.

Avec un clin d'œil à ses partisans, l'invalide se rapprocha d'un saut ou deux de Peter et lui dit :

– Alors, ça va, tu es bien installé ?

Son ton était extrêmement poli, mais de petits pouffements de rire se firent entendre dans la foule et Peter comprit qu'il s'agissait d'un traquenard.

– Je ne suis pas sûr de bien comprendre, répondit-il.

La Vilaine Poupée se tourna vers l'attroupement et imita parfaitement la voix de Peter :

– Il n'est pas sûr de bien comprendre.

Elle se retourna vers Peter.

– Je veux dire, tu es bien installé dans ta nouvelle chambre, n'est-ce pas ?

– Ah je vois, répondit Peter. Oui, ma chambre est formidable.

Quelques-unes des poupées en bas, sur le tapis, se saisirent du mot et le répétèrent inlassablement :

– Formidable… formidable… formidable… jusqu'à ce que le mot paraisse totalement absurde et que Peter regrette de l'avoir employé.

La Vilaine Poupée attendit patiemment. Lorsque le calme se fut rétabli, elle reprit :

– Ça te plaît, hein, d'avoir ta propre petite chambre ?

– Oui, répondit Peter.

– C'est bien, n'est-ce pas, d'avoir une chambre rien qu'à soi ?

– Oui. Je viens de vous le dire. Ça me plaît, répondit Peter.

La Vilaine Poupée sautilla d'un pas en avant. Peter sentit qu'elle parvenait au but. Elle haussa la voix.

– Et il ne t'est jamais venu à l'esprit que quelqu'un d'autre puisse avoir envie de cette chambre-là ?

– C'est une idée ridicule, répliqua Peter. Papa et maman partagent une chambre. Il ne reste plus que Kate et moi...

La foule émit un rugissement désapprobateur qui vint étouffer sa réponse. La Vilaine Poupée parvint à se tenir en équilibre sur une jambe tout en levant sa béquille en l'air pour réclamer le silence.

– Rien que vous deux, hein ? lança-t-elle en tournant la tête vers la foule.

Peter se mit à rire. Il ne savait que dire.

La Vilaine Poupée se rapprocha encore. Peter aurait pu la toucher en étendant le bras. Il était convaincu que son haleine sentait le chocolat.

– Et il ne te semble pas, demanda-t-elle, que c'est au tour de quelqu'un d'autre d'habiter cette chambre ?

– C'est complètement ridicule, entama Peter. Vous n'êtes que des poupées...

Rien ne pouvait plus faire enrager la Vilaine Poupée.

– Tu as vu comment nous vivons, hurla-t-elle. On est une soixantaine entassées dans un coin de la chambre. Tu es passé devant nous des milliers de fois sans jamais nous accorder une pensée. Peu t'importe que nous soyons empilées les unes sur les autres comme les briques d'un mur. Tu ne vois pas ce qui est sous ton nez. Regarde-nous ! Pas d'espace, aucune vie privée, même pas un lit pour la majeure partie d'entre nous. Maintenant, c'est au tour de quelqu'un d'autre d'avoir cette chambre. Que justice soit faite !

Une autre clameur tonitruante monta de la foule et, une fois de plus, la mélopée reprit.

– Que justice soit faite ! Que justice soit faite !

Et, tout en mugissant leur incantation, les poupées se mirent massivement à escalader le lit, grimpant sur les épaules des unes et des autres pour former une échelle. En une minute, l'assemblée tout entière se tenait pantelante devant Peter, et la Vilaine Poupée, qui s'était réfugiée à l'autre bout du lit, agita, de derrière la foule, sa béquille en l'air et hurla :

– Maintenant !

Soixante paires de petites mains potelées s'emparèrent de la jambe gauche de Peter.

– Hisse et hisse et oh ! entonna la Vilaine Poupée.

– Hisse et hisse et oh ! répondit la cohue.

C'est alors qu'une chose étrange se produisit. La jambe de Peter se détacha. Elle se détacha complètement. Quand Peter baissa les yeux vers l'endroit où s'était trouvée sa jambe, il ne vit pas du sang mais un petit ressort hélicoïdal dépassant de la déchirure de son pantalon.

« C'est drôle, pensa-t-il. Je n'aurais jamais imaginé... »

Mais il eut à peine le temps de penser à quel point c'était drôle car, déjà, les poupées s'étaient emparées de son bras droit sur lequel elles s'étaient mises à tirer avec un « hisse-et-hisse-et-oh ». Soudain son bras se désarticula lui aussi et, tire-bouchonnant hors de son épaule, apparut un autre petit ressort.

– Hé ho ! s'écria Peter. Rendez-les moi !

Mais il protesta en vain. Le bras et la jambe passèrent de main en main par-dessus les têtes jusqu'à la Vilaine Poupée. Elle s'empara aussitôt de la jambe et l'emboîta.

Elle lui allait à merveille. Puis elle ajusta le bras. On aurait dit que ce bras avait été fait exprès pour elle, tant il lui allait bien.

« Étrange, se dit Peter. J'aurais juré que mon bras et ma jambe seraient trop grands. »

Alors même qu'il se faisait cette réflexion, les poupées s'acharnaient de nouveau sur lui et, lui grimpant sur la poitrine cette fois-ci, elles lui tiraient les cheveux et déchiraient ses vêtements.

– … tez-moi le camp, cria Peter. Aïe ! Ça fait mal.

Les poupées étaient en train de lui arracher presque tous les cheveux en gloussant de rire. Elles ne lui laissèrent qu'une longue mèche sur le sommet du crâne.

La Vilaine Poupée lança sa béquille à Peter et se mit à sauter à pieds joints pour essayer sa nouvelle jambe.

– C'est à mon tour d'avoir la chambre, s'écria-t-elle. Et, quant à lui, il peut s'installer là, en haut.

Elle désignait la bibliothèque d'un bras que Peter continuait à considérer comme le sien. La Vilaine Poupée sauta par terre d'un bond léger et la foule fondit sur Peter, l'emportant vers sa nouvelle demeure. Et c'est ainsi que les choses devaient se terminer. Mais, juste à ce moment précis, Kate entra dans la chambre.

Essayez donc d'imaginer la scène vue de l'endroit où se tenait Kate. Elle était rentrée à la maison après avoir joué avec son amie, elle était montée dans sa chambre et avait trouvé son frère, couché sur le lit d'appoint, en train de jouer avec les poupées, avec toutes les poupées, qu'il manœuvrait de-ci et de-là en imitant leurs voix. La seule à ne pas être sur le lit était la Vilaine Poupée qui gisait sur le tapis à quelques pas de là.

Kate aurait pu se mettre en colère. C'était une entorse aux règlements. Peter était dans sa chambre sans sa permission et, qui plus est, il avait descendu toutes les poupées de leurs emplacements spécifiques. Mais, au lieu de cela, Kate éclata de rire devant le spectacle de son frère enfoui sous soixante poupées.

Peter se leva d'un bond en apercevant Kate. Il était cramoisi.

– Oh, euh excuse-moi, bafouilla-t-il en essayant de la contourner pour s'esquiver.

– Attends une seconde, s'écria Kate. Et qui va ranger tout ce petit monde ? Chacune a sa place, tu sais.

Ainsi, sur les indications de Kate, Peter remit chaque poupée à sa place : sur le miroir, sur la commode, sur le rebord des fenêtres, sur le lit et dans le landau.

Ce rangement lui sembla durer un siècle. Le tour de la Vilaine Poupée vint en dernier. Alors que Peter la replaçait en haut de la bibliothèque, il fut convaincu de l'entendre lui promettre :

– Un jour, mon petit, cette chambre sera à moi.

– Oh, que le diable t'emporte ! chuchota Peter. Espèce de moutarde répugnante !

– Qu'est-ce que tu as dit ? demanda Kate.

Mais son frère avait déjà quitté la chambre.

## Le chat

Lorsque Peter se réveillait le matin, il gardait toujours les yeux fermés jusqu'à ce qu'il ait répondu à deux questions bien simples. Elles se présentaient toujours dans le même ordre. Première question : Qui suis-je ? Ah oui, Peter, âge : dix ans et demi. Puis, les yeux toujours fermés, il se posait la deuxième question : Quel jour de la semaine sommes-nous ? Et la réponse survenait, évidence aussi solide et inamovible qu'une montagne. Mardi. Un autre jour d'école. Il rabattait alors les couvertures sur sa tête, replongeait plus profondément dans sa propre chaleur et s'abandonnait à la douce obscurité. Il pouvait presque prétendre ne pas exister. Néanmoins, il savait qu'il faudrait se forcer à se lever. Le monde entier s'accordait à dire qu'on était mardi. La terre elle-même, propulsée à travers l'espace glacial, en rotation sur son axe dans son orbite autour du soleil, avait amené tout le monde à mardi et ni Peter, ni ses parents, ni le gouvernement ne pouvaient rien changer à ce fait. Il allait devoir se lever ou bien rater le bus, arriver en retard et se faire réprimander.

Quelle cruauté que d'être obligé d'extraire son corps chaud et ensommeillé de son cocon et de chercher ses vêtements à tâtons en sachant que, dans moins d'une heure, il se tiendrait, grelottant, à l'arrêt d'autobus. Le météorologue de la télévision avait dit que c'était l'hiver le plus froid depuis quinze ans. Froid, mais sans rien d'intéressant. Ni neige, ni givre, ni même une flaque gelée sur laquelle patiner. Rien qu'une grisaille glaciale et un vent mordant qui pénétrait jusque dans la chambre de Peter par une fente de la fenêtre. A certains moment, il avait l'impression qu'il n'avait jamais rien fait d'autre dans sa vie – et qu'il ne ferait jamais rien d'autre – que se réveiller, se lever et aller à l'école. Que tous les autres, y compris les adultes, aient eux aussi à se lever par ces noirs matins d'hiver ne rendait pas la chose plus facile. Si seulement ils décidaient d'arrêter de le faire, alors Peter pourrait arrêter, lui aussi. Mais la terre continuait à tourner, lundi, mardi, mercredi revenaient inlassablement et tout le monde continuait à sortir de son lit.

La cuisine était une sorte de maison à mi-chemin entre son lit et le vaste monde au-dehors. L'air était empli des odeurs de tartines, de bacon et de vapeur de bouilloire. Le petit déjeuner était censé être un repas familial mais il leur arrivait rarement d'être assis à table en même temps. Le père et la mère de Peter travaillaient tous deux à l'extérieur et il se trouvait toujours un membre de la famille en train de s'agiter autour de la table, dans la quête affolée de quelque papier égaré, d'un carnet de rendez-vous ou d'une chaussure. Il fallait prendre ce qui était prêt sur la cuisinière et se trouver une place à table, tout seul.

Il faisait bon dans la cuisine, presque aussi bon que dans le lit, mais on n'y était pas aussi tranquille. Déguisées sous forme de questions, les accusations fusaient.

– Qui a donné à manger au chat ?

– A quelle heure rentres-tu de l'école ?
– Est-ce que tu as terminé ce devoir ?
– Qui a touché à ma sacoche ?

Au fur et à mesure que les aiguilles tournaient, la panique et le désordre augmentaient. L'une des règles familiales était qu'on ne quittait pas la maison avant d'avoir rangé la cuisine. Il fallait parfois attraper sa tranche de bacon au vol avant que la poêle, toute bruissante, ne soit vidée dans l'assiette du chat et plongée dans le bac à vaisselle. Les quatre membres de la famille allaient et venaient en courant, assiettes sales et boîtes de céréales en main, se bousculant sans cesse, et il y en avait toujours un en train de bougonner :

– Je vais être en retard. Je vais être en retard. Pour la troisième fois cette semaine !

Mais il y avait un cinquième membre de la famille qui, lui, n'était jamais pressé et ne prêtait aucune attention à tout ce charivari. Il était étendu sur l'étagère du radiateur, les yeux mi-clos, un bâillement était le seul signe de vie qu'il donnait parfois. C'était un bâillement gigantesque, insultant. La bouche s'ouvrait toute grande, découvrant une langue rose bien propre et lorsque, finalement, elle se refermait, on voyait onduler un frisson de bien-être des moustaches jusqu'à la queue : Guillaume le Chat se préparait pour sa journée.

C'était toujours Guillaume que Peter apercevait lorsqu'il saisissait son cartable en jetant un dernier coup d'œil derrière lui avant de se précipiter hors de la maison. Une patte sous sa tête en guise d'oreiller, il laissait l'autre pendre avec désinvolture par-dessus le bord de l'étagère, barbotant dans la chaleur qui s'élevait doucement dans la pièce. A présent que ces idiots d'humains s'en allaient, un chat pouvait enfin s'offrir un sérieux petit roupillon.

Quand il sortait de la maison dans la bise glacée, Peter était hanté par l'image du chat assoupi.

Si vous trouvez qu'il est étrange de considérer un chat comme un membre de la famille, mieux vaut alors que vous sachiez que Guillaume était beaucoup plus âgé que Peter et Kate réunis. Chaton, il avait connu leur mère à l'époque où elle était encore écolière. Il l'avait suivie à l'université et avait assisté, cinq ans plus tard, à sa cérémonie nuptiale. Lorsque Viola Fortune, enceinte de son premier enfant, s'allongeait pour se reposer l'après-midi, Guillaume le Chat avait l'habitude de se pelotonner contre l'énorme renflement de son ventre dans lequel se trouvait Peter. A la naissance de Peter, puis à celle de Kate, il avait disparu pendant des jours et des jours. Personne ne savait où il allait ni pourquoi il partait. Il avait été le paisible témoin des chagrins et des joies de la famille. Il avait observé les bébés se transformer en bambins qui essayaient de le faire changer de place en agrippant ses oreilles, puis il avait vu ces bambins devenir de petits écoliers. Il avait connu les parents du temps où ils formaient un jeune couple un peu fou vivant dans une seule pièce. Maintenant, dans leur maison de trois chambres à coucher, ils n'étaient plus aussi fous. Et Guillaume le Chat s'était assagi, lui aussi. Il ne venait plus déposer souris et oiseaux aux pieds d'humains peu reconnaissants. Peu après son quatorzième anniversaire, il cessa de se battre et de défendre fièrement son territoire. Peter trouvait scandaleux que la petite brute de jeune matou du voisin prenne possession du jardin en sachant que le vieux Guillaume n'était plus en mesure de l'en empêcher. Il arrivait que ce jeune arrogant entre dans la cuisine par la chatière et vienne manger dans le bol du vieux Guillaume, qui le regardait faire, impuissant. Et dire que, quelques années auparavant, aucun chat ayant un peu de jugeote n'aurait osé poser une patte sur la pelouse.

La perte de ses facultés avait sans doute dû attrister Guillaume. Il cessa de fréquenter d'autres chats et passait ses journées seul à la maison avec, pour toute compagnie, ses souvenirs et ses pensées. Néanmoins, en dépit de ses dix-sept ans, il avait toujours le poil soyeux et sa sveltesse d'antan. Il était presque entièrement noir, avec des chaussettes et un plastron de chemise d'une blancheur éclatante, et une éclaboussure blanche ponctuait sa queue. Il lui arrivait parfois de venir vous trouver là où vous étiez assis et, après quelques secondes de réflexion, de sauter sur vos genoux et de demeurer immobile, pattes écartées, le regard plongé droit dans le vôtre, sans le moindre battement de paupières. Puis, il inclinait la tête de côté et, sans vous quitter du regard, il poussait un unique miaulement. Vous saviez alors qu'il disait quelque chose d'important et de sage, quelque chose que vous ne comprendriez jamais.

Les après-midi d'hiver, en rentrant de l'école, Peter n'aimait rien tant que d'envoyer valser ses chaussures et de s'allonger à côté de Guillaume devant le feu de cheminée du salon. Il aimait se mettre exactement à la hauteur de Guillaume, son visage à deux doigts de la tête féline, et observer à quel point celle-ci était réellement extraordinaire, si merveilleusement non humaine, tout ébouriffée de poils noirs. Ils encadraient un minuscule visage enfoui sous la fourrure, paré de moustaches blanches légèrement incurvées vers le bas. Les poils des sourcils jaillissaient droit comme des antennes de radio et les yeux vert malachite fendus en amande étaient comme des fenêtres entrouvertes sur un monde dans lequel Peter ne pourrait jamais pénétrer. Son approche déclenchait un tonnerre de ronronnements intenses, d'une sonorité si grave et si forte que le sol en vibrait. Peter savait qu'il était indiscutablement le bienvenu.

C'était justement un de ces après-midi, un mardi. Il n'était que 4 heures et déjà la lumière faiblissait, les rideaux étaient tirés et les lampes allumées. Peter vint s'allonger sur le tapis où Guillaume paressait devant une flambée resplendissante dont les flammes léchaient une bûche de bois d'orme. Le vent glacé fouettait les toits et s'engouffrait en gémissant dans la cheminée. Peter et Kate avaient couru depuis l'arrêt d'autobus jusqu'à la maison tant il faisait froid. A présent, il était chaudement à l'abri auprès de son vieil ami qui prétendait être plus jeune que son âge en se roulant sur le dos et en laissant retomber mollement ses pattes de devant. Il voulait qu'on lui chatouille la poitrine. Lorsque les doigts de Peter commencèrent à effleurer sa fourrure, le ronronnement s'amplifia au point de faire gémir tous les ligaments de son corps. Puis Guillaume étendit une patte vers les doigts de Peter afin de les guider plus haut. Peter abandonna sa main au chat.

– Aimerais-tu que je te chatouille le menton ? lui chuchota-t-il.

Mais non. Le chat voulait être caressé juste à la base de la gorge. Peter y sentit quelque chose de dur qui roulait de droite à gauche sous ses doigts. Quelque chose avait dû s'accrocher dans la fourrure. Peter se releva sur un coude afin d'en avoir le cœur net. Il écarta la fourrure. Il crut tout d'abord qu'il s'agissait d'un bijou, un petit médaillon d'argent. Mais il n'y avait pas de chaîne et, en l'examinant attentivement, il vit qu'il ne s'agissait pas de métal mais d'un bout d'os satiné, ovale et aplati au centre et, chose curieuse, accroché à même la peau de Guillaume le Chat. L'os s'insérait facilement entre le pouce et l'index. Peter resserra sa prise et tira. Le ronronnement de Guillaume le Chat s'amplifia encore. Peter tira à nouveau, vers le bas et, cette fois, il sentit quelque chose lâcher.

Plongeant son regard à l'intérieur de la fourrure, qu'il tenait écartée du bout des doigts, il vit qu'il avait entrouvert une petite fente dans la peau du chat. C'était comme s'il tenait la languette d'une fermeture éclair. Il tira une fois de plus et, cette fois, la fente obscure s'ouvrit sur quatre centimètres. C'était de là que provenait le ronronnement de Guillaume le Chat. « Peut-être, verrai-je son cœur battre », se dit Peter. De nouveau, une patte guidait doucement ses doigts, Guillaume le Chat voulait qu'il continue.

Et c'est ce qu'il fit. D'un glissement, il entrouvrit le chat sur toute sa longueur, de la gorge à la queue. Peter voulait écarter la peau pour jeter un coup d'œil à l'intérieur. Mais il ne voulait pas paraître indiscret. Il était sur le point d'appeler Kate lorsqu'il se produisit un mouvement, un remous dans les profondeurs du chat et il émana de la fente une faible lueur rosée qui devint plus éclatante. Et soudain apparut, sortant des profondeurs de Guillaume le Chat, une… enfin, une chose, une créature. Mais Peter n'était pas sûr qu'elle soit réellement palpable car elle semblait être uniquement composée de lumière. Et, alors qu'elle ne possédait ni moustaches, ni queue, ni ronronnement, ni fourrure, ni même quatre pattes, son apparence tout entière semblait épeler « chat ». C'était l'essence même du mot, le cœur de l'idée. Une volute silencieuse de lumières plissées rose et violet, ondulante et incurvée, était en train de se matérialiser hors du chat.

– Tu dois être l'esprit de Guillaume, énonça Peter à voix haute. Ou es-tu un fantôme ?

L'apparition lumineuse n'émit aucun son, mais elle comprit. Elle semblait dire, bien qu'elle ne parlât pas, qu'elle était les deux choses à la fois, et bien plus encore.

Lorsqu'il fut entièrement sorti du chat qui était allongé sur le dos, sur le tapis, devant le feu, l'esprit chat s'éleva en l'air et flotta vers l'épaule de Peter sur laquelle il vint se poser. Peter n'était nullement effrayé. Il sentit la lueur de l'esprit lui frôler la joue. Puis la lumière ondoya derrière sa tête, hors de vue. Il la sentit effleurer son cou et un frisson chaud lui parcourut le dos. L'esprit chat s'empara de quelque chose de noueux en haut de sa colonne vertébrale et le tira vers le bas tout le long de son dos et, alors que son corps tout entier s'entrouvrait, Peter sentit l'air frais de la pièce chatouiller la chaleur de ses entrailles.

C'était la chose la plus étrange du monde que de mettre pied hors de son propre corps, d'en sortir, purement et simplement, et de l'abandonner sur le tapis comme une chemise qu'on viendrait d'enlever. Peter entrevit sa propre lueur, violette et du blanc le plus pur. Les deux esprits planaient en l'air, face à face. Et, soudain, Peter sut ce qu'il voulait faire, ce qu'il devait faire. Il flotta vers Guillaume le Chat et plana au-dessus de lui. Le corps gisait grand ouvert comme une porte et il paraissait si tentant, si accueillant... Peter descendit vers lui et y pénétra. Quelle merveille que de se déguiser en chat ! Ce n'était pas visqueux comme il imaginait être l'intérieur d'un corps ; il y faisait sec et chaud. Il se mit sur le dos et enfila les bras dans les pattes de devant de Guillaume. Puis il glissa tant bien que mal ses jambes dans les pattes de derrière. Sa tête épousa parfaitement

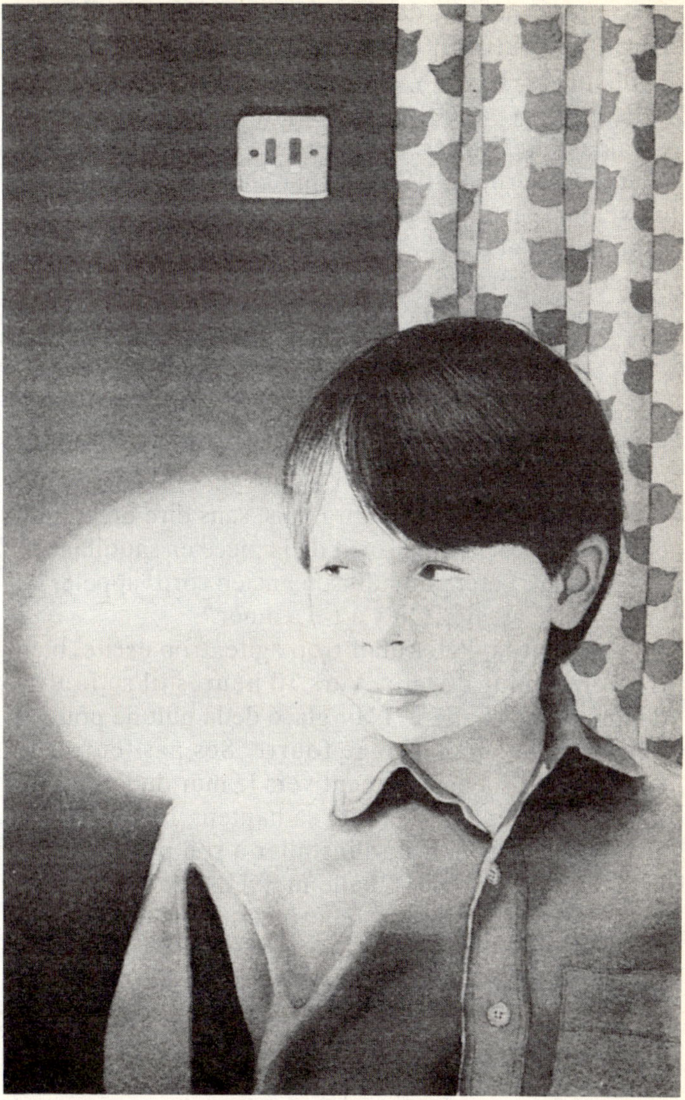

les contours de celle du chat. Jetant un coup d'œil à son corps, de l'autre côté de la pièce, il surprit l'esprit de Guillaume le Chat s'y engouffrant.

Peter n'eut pas de mal à remonter la fermeture éclair à l'aide de ses pattes. Il se redressa et fit quelques pas. C'était un véritable délice de marcher sur quatre pattes de velours blanc. Il pouvait voir ses moustaches jaillissant de part et d'autre de son visage et sentait sa queue boucler derrière lui. Il avait le pas léger et sa fourrure lui rappelait le plus moelleux de ses vieux pulls de laine. A mesure que son plaisir d'être chat s'accroissait, son cœur s'emplissait et la sensation de picotement au fond de sa gorge s'amplifia au point de devenir audible. Peter ronronnait. Il était Peter le Chat et, là-bas, se trouvait Guillaume le Garçon.

Le garçon se leva et s'étira puis, sans dire un mot au chat lové à ses pieds, il sortit de la pièce en sautillant.

– Maman, Peter entendit son ancien corps appeler de la cuisine. J'ai faim. Qu'y a-t-il à dîner ?

Cette nuit-là, Peter était trop agité, trop excité, bien trop chat pour dormir. Vers 10 heures, il se faufila dehors par la chatière. L'air glacé de la nuit ne pouvait pénétrer son épais pelage fourré. Ses pas feutrés le conduisirent silencieusement vers le mur du jardin. Ce mur le surplombait de toute sa hauteur, mais un bond aisé et gracieux suffit à l'installer à son poste de surveillance territoriale. Quelle merveille de voir jusque dans les recoins obscurs, de capter sur ses moustaches les moindres vibrations de l'air nocturne et de se rendre invisible lorsque, à minuit, un renard remonta l'allée du jardin pour aller fouiner dans les poubelles. Il se savait entouré d'autres chats, des chats du quartier et d'autres encore venus de loin, vaquant à leurs activités nocturnes, allant leur chemin. Après le renard, un jeune chat tigré avait tenté d'entrer dans le jardin. Peter le mit en garde avec un sifflement ponctué d'un bref mouvement de queue. Il avait ronronné intérieurement à la vue du petit gars prenant ses jambes à son cou en miaulant un petit cri de surprise.

Peu après, lors d'une ronde le long du mur escarpé qui surplombait la serre, il se trouva nez à nez avec un autre chat, intrus bien plus dangereux. Il était entièrement noir, raison pour laquelle Peter ne l'avait pas vu auparavant. C'était le matou d'à côté, un type costaud, d'au moins deux fois sa taille, au cou épais et aux longues pattes puissantes. Sans même réfléchir, Peter arqua le dos et rebroussa le poil afin de se donner une allure plus imposante.

– Hé, petit, siffla-t-il, c'est sur mon mur que tu es en train de te balader.

Le chat noir eut l'air surpris. Il sourit en répliquant :

– C'était peut-être ton mur dans le temps, petit père. Mais maintenant, faudrait peut-être pas trop t'y frotter, hein ?

– Déguerpis avant que je te fiche par terre.

Peter était époustouflé par la force de ses émotions. C'était son mur, son jardin, et c'était son boulot que d'en expulser une gent féline inamicale.

Une fois de plus, le chat noir sourit d'un sourire glacial.

– Ecoute un peu, grand-père. Ça fait longtemps que c'est plus ton mur. J'entre ici comme je veux. Sors de mon chemin ou je te mets la fourrure en lambeaux.

Peter ne bougea pas.

– Un pas de plus, espèce de cirque de puces ambulant et je te noue les moustaches en collier autour du cou.

Le chat noir émit un long ricanement méprisant. Mais il ne fit pas un pas de plus. Tout autour d'eux, les chats du quartier surgissaient de l'obscurité pour voir le spectacle. Peter entendait leur voix.

– Une bagarre ?

– Une bagarre !

– Le vieux pépère doit être tombé sur la tête !

– Il ne doit pas avoir moins de dix-sept berges.

Arquant son dos puissant, le chat noir gronda de nouveau d'un miaulement effroyablement aigu, terrifiante flèche vocale.

Peter essaya de garder une voix calme, mais ses mots sortirent en sifflant.

– Pas quessstion de raccourccci par iccci ssans ma permisssion, pour commenccer.

Le chat noir battit des paupières. Les muscles de son cou trapu ondulèrent lorsqu'il émit son rire strident qui était en même temps un cri de guerre.

Un grognement d'excitation parcourut la foule qui s'attroupait toujours plus nombreuse sur le mur opposé.

– Le vieux Guillaume a perdu la boule.

– Il a choisi le mauvais numéro pour se bagarrer.

– Ecoute un peu, espèce de vieux bouc édenté, susurra le chat noir dans un sifflement bien plus strident que celui de Peter. Le numéro un, par ici, c'est moi. Pas vrai, les gars ?

Le chat noir se tourna à demi vers la foule qui murmura son acquiescement. Peter trouva que les spectateurs n'avaient pas l'air très enthousiastes.

– Le conseil que je te donne, continua le chat noir, c'est de me débarrasser le chemin. Ou alors je vais tartiner la pelouse de tes tripes.

Peter savait qu'il était allé trop loin pour faire marche arrière. Il sortit ses griffes pour avoir une prise ferme sur le mur.

– Espèce de boursouflure de rat ! Ça, c'est mon mur à moi, tu entends. T'es jamais qu'un sale chien galeux !

Le chat noir eut le souffle coupé. On entendit de petits rires étouffés dans la foule. Peter était toujours un garçon si poli. Quel délice de cracher toutes ces injures !

– Tu vas faire de la chair à pâté ! l'avertit le chat noir en faisant un pas en avant.

Peter inspira une longue bouffée d'air. Il fallait qu'il gagne, pour l'amour du vieux Guillaume. Au moment où il se disait cela, la patte du chat noir fusa vers son visage. Peter avait peut-être le corps d'un vieux chat, mais il avait l'esprit d'un jeune garçon. Il esquiva le coup et sentit la patte barbelée de griffes fendre l'air juste au-dessus de ses oreilles. Il eut le temps de remarquer que le chat était momentanément en équilibre sur trois pattes. Il bondit immédiatement en avant et poussa brutalement de ses deux pattes antérieures la poitrine du matou. Ce n'était pas le genre de choses qu'un chat fait lorsqu'il combat et le chat numéro un fut pris par surprise. Lâchant un petit cri d'étonnement, il trébucha, tituba, bascula du mur et tomba la tête la première à travers le toit de la serre qui se trouvait en dessous. L'écho fracassant du bruit de verre volant en éclats, accompagné de l'arpège cristallin de ses retombées, suivi de l'écho plus sourd de pots de fleurs se brisant, morcella, fragmenta, déchira l'air noir et glacé de la nuit. Puis le silence s'abattit. L'assemblée muette des chats se pencha pour voir en dessous du mur. Ils entendirent quelque chose remuer, puis geindre. Puis ils distinguèrent la silhouette du chat noir qui traversait la pelouse en boitillant, à peine visible dans l'obscurité. Ils l'entendirent marmonner :

– C'est pas juste. Griffes et crocs, oui. Mais pousser comme ça. C'est vraiment pas du jeu, ça.

– La prochaine fois, cria Peter, tu demandes la permission.

Le chat noir ne répliqua pas mais quelque chose dans sa silhouette chancelante signifiait qu'il avait compris.

Le lendemain matin, Peter était affalé sur l'étagère au-dessus du radiateur, une patte en guise d'oreiller et l'autre ballottant mollement dans la chaleur qui s'élevait dans la pièce. Autour de lui, tout n'était que désordre et agitation. Kate ne trouvait pas son cartable. Le porridge était brûlé. M. Fortune était de mauvaise humeur parce qu'il ne restait plus de café et il avait besoin d'en boire trois tasses bien serré avant de commencer la journée. La cuisine était sens dessus dessous, le tout enveloppé de fumée de porridge brûlé. Et il était tard, tard, tard !

Peter enroula sa queue autour de ses pattes postérieures et essaya de ne pas ronronner trop fort. De l'autre côté de la pièce se trouvait son ancien corps habité par Guillaume le Chat, et ce corps-là devait aller à l'école. Guillaume le Garçon avait l'air embêté. Il avait mis son manteau et était prêt à partir, mais il n'avait qu'une chaussure aux pieds. L'autre demeurait introuvable.

– Maman, braillait-il inlassablement. Où est mon autre chaussure ?

Mais Mme Fortune était dans le vestibule, en train de se quereller avec quelqu'un au téléphone.

Peter le Chat ferma les yeux. Sa victoire l'avait exténué. Dans quelques instants la famille serait partie. La maison s'envelopperait de silence. Lorsque le radiateur aurait refroidi, il monterait trouver le lit le plus confortable. Il choisirait le sien, en l'honneur du bon vieux temps.

La journée se déroula comme il l'avait espéré. Un petit somme, laper une soucoupe de lait, un autre petit somme, déjeuner d'une boîte de viande pour chats dont le goût n'était pas aussi mauvais que l'odeur l'annonçait – plutôt du genre hachis Parmentier sans la purée de pommes de terre. Puis un autre petit somme. Avant même qu'il ne le réalise, le ciel s'obscurcissait et les enfants étaient de retour de l'école. Guillaume le Garçon avait l'air épuisé par sa journée de classe et de bagarres en cour de récréation. Le garçon-chat et le chat-garçon étaient allongés côte à côte devant la cheminée du salon. C'était vraiment étrange, pensait Peter le Chat, d'être caressé par une main qui, hier encore, était la sienne. Il se demandait si Guillaume le Garçon était satisfait de sa nouvelle vie d'école et du trajet en bus, et content d'avoir une sœur, une maman et un papa. Mais le visage du garçon ne disait rien à Peter le Chat. Il était tellement dépourvu de poils et de moustaches, il était tellement rose, avec des yeux si ronds, qu'il était impossible de savoir ce qu'ils pouvaient bien dire.

Plus tard, ce soir-là, Peter monta nonchalamment dans la chambre de Kate. Comme d'habitude, elle était en train de parler à ses poupées ; elle leur donnait une leçon de géographie. A voir l'expression figée inscrite sur leur visage, il était évident qu'elles n'étaient pas particulièrement intéressées par les fleuves les plus longs du monde. Peter sauta sur ses genoux et elle se mit à le caresser machinalement tout en continuant sa leçon. Si seulement elle avait pu savoir que la créature reposant sur ses genoux était son frère ! Peter s'installa confortablement et se mit à ronronner. Kate s'était mise à énumérer une liste de toutes les capitales qui lui venaient à l'esprit. C'était d'un ennuyeux exquis, exactement ce qu'il fallait à Peter pour l'aider à piquer un autre petit somme. Il avait déjà fermé les yeux lorsque la porte s'ouvrit brutalement et Guillaume le Garçon fit irruption dans la chambre.

– Dis donc, Peter, dit Kate. Tu n'as pas frappé à la porte.

Mais son frère-chat ne prêta aucune attention à cette remarque. Il traversa la chambre, empoigna son chat-frère et sortit précipitamment de la pièce avec lui. Peter n'aimait pas qu'on le porte ainsi. Cela manquait de dignité pour un chat de son âge. Il essaya de se débattre, mais Guillaume le Garçon resserra son étreinte en dévalant l'escalier.

– Chut, dit-il. Il ne nous reste plus beaucoup de temps.

Guillaume emmena le chat au salon et le déposa par terre.

– Reste tranquille, chuchota le garçon. Fais ce que je te dis. Roule-toi sur le dos.

Peter le Chat n'avait pas le choix car le garçon le maintenait fermement d'une main en fouillant sa fourrure de l'autre. Il trouva le morceau d'os poli et le tira vers le bas. Peter sentit l'air frais pénétrer l'intérieur de son corps. Il prit pied hors du corps du chat. Le garçon était en train d'étendre le bras derrière sa nuque pour défaire la fermeture éclair. Et voilà que l'opalescence rose et violette d'un vrai chat s'échappa du corps du garçon. L'espace d'un instant, les deux esprits, chat et humain, se firent face, au-dessus du tapis. Sous eux, leurs corps attendaient, immobiles, comme des taxis prêts à emmener leurs passagers. Il flottait une certaine tristesse dans l'air.

Bien que l'esprit du chat ne parlât pas, Peter percevait ce qu'il disait :

– Je dois repartir, disait-il. Une autre aventure m'attend. Merci de m'avoir permi d'être un garçon. J'ai appris tant de choses qui me seront utiles dans les temps à venir. Mais, par-dessus tout, merci de t'être fait le champion de mon dernier combat.

Peter était sur le point de parler, mais l'esprit-chat réintégrait son propre corps.

« Il reste très peu de temps », semblait-il dire alors que l'opalescence rose et violette se repliait à l'intérieur de la fourrure du chat.

Peter flotta vers son propre corps, le contourna et s'y glissa au niveau de la nuque.

Au début, ce fut assez étrange. Le corps ne lui allait pas tout à fait. Il ne tenait pas bien sur ses jambes une fois debout. C'était comme s'il portait des bottes en caoutchouc quatre pointures trop grandes. Son corps avait peut-être un peu grandi depuis la dernière fois qu'il s'y était trouvé. Pour le moment, mieux valait s'allonger. A ce moment, Guillaume le Chat fit volte-face et quitta la pièce d'un pas lent et raidi, sans même lui jeter un coup d'œil.

Alors que Peter gisait là, s'astreignant à se réhabituer à son ancien corps, il remarqua un fait étrange. Le feu léchait encore la même bûche de bois d'orme. Il tourna les yeux vers la fenêtre. Le ciel s'obscurcissait. Il ne faisait pas nuit, c'était encore la fin de l'après-midi. Et il pouvait voir, d'après le journal déplié près d'une chaise, qu'on était encore mardi. Et voilà qu'une autre chose étrange se produisit. Sa sœur Kate accourut dans le salon, pleurant à chaudes larmes, escortée par leurs parents, la mine chavirée.

– Oh Peter, s'écria sa sœur. Quelque chose de terrible vient d'arriver.

– C'est Guillaume le Chat, expliqua sa mère. J'ai bien peur qu'il…

– Oh Guillaume !

Les pleurs de Kate noyèrent le reste de la phrase.

– Il est tout simplement entré dans la cuisine, dit son père, il a grimpé sur l'étagère qu'il aime tant au-dessus du radiateur, puis il a fermé les yeux et… il est mort.

– Il n'a rien senti, ajouta Viola Fortune d'une voix rassurante.

Kate ne cessait de pleurer. Peter se rendit compte que ses parents l'observaient pour voir comment il allait prendre la chose. De toute la famille, c'était Peter qui avait été le plus attaché au chat.

– Il avait dix-sept ans, dit Thomas Fortune. Il a eu une longue vie.

– Il a eu une belle vie, dit Viola Fortune.

Peter se redressa lentement. Deux jambes semblaient insuffisantes.

– Oui, dit-il finalement. Il s'est embarqué vers une autre aventure à présent.

Le lendemain matin, ils enterrèrent Guillaume au fond du jardin. Peter fit une croix avec des bouts de bois et Kate confectionna une couronne de feuilles de lauriers et de brindilles. En dépit du fait qu'ils allaient tous être en retard à l'école et au bureau, toute la famille s'assembla autour de la tombe. Les enfants jetèrent les dernières pelletées de terre. Et c'est alors qu'une sphère opalescente rose et améthyste s'éleva de la terre et demeura suspendue en l'air.

– Regardez ! dit Peter en la montrant du doigt.

– Regardez quoi ?

– Ici, juste là, devant vous.

– Mais enfin Peter, de quoi parles-tu ?

– Le revoilà qui rêve les yeux ouverts.

La lumière voltigea à hauteur de la tête de Peter. Bien entendu, elle ne dit rien. Cela aurait été impossible. Mais néanmoins Peter l'entendit.

– Au revoir, Peter, dit-elle, s'effaçant peu à peu. Adieu, et encore une fois merci.

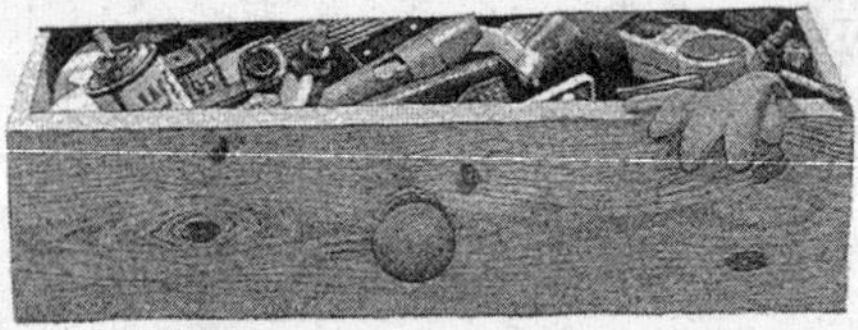

## Crème évanescente

Dans la grande cuisine en désordre, il y avait un tiroir. Bien entendu, il y avait beaucoup de tiroirs mais, si quelqu'un disait « la ficelle est dans le tiroir de la cuisine », tout le monde comprenait. Il y avait de grandes chances que la ficelle ne se trouve pas dans le tiroir. Elle était censée y être, avec une douzaine d'autres choses utiles qui ne s'y trouvaient jamais : tournevis, ciseaux, papier collant, punaises, crayons. Si on avait besoin de l'un de ces objets, on regardait d'abord dans le tiroir et partout ailleurs ensuite. Il était difficile de définir ce qui se trouvait dans le tiroir : des choses qui n'avaient pas d'emplacement évident, des choses qui n'avaient aucune utilité mais ne méritaient pas d'être mises au rebut, des choses qui, un jour, pourraient peut-être être réparées : des piles pas tout à fait usées, des boulons sans leurs écrous, le manche d'une théière précieuse, un cadenas sans clef ou encore une serrure à combinaison dont le chiffre secret était secrètement connu de tous, des billes sans le moindre intérêt, des pièces de monnaies étrangères, une torche sans ampoule, un seul gant de la paire tricotée avec amour par grand-maman avant de mourir, le bouchon d'une bouillotte, un fossile craquelé. Par quelque interversion magique, tout ce qui était le plus inutile au monde remplissait le tiroir destiné aux outils pratiques. Que pouvait-on bien faire au juste avec un seul morceau de puzzle ? Mais, d'un autre côté, qui oserait le jeter ?

De temps à autre, le tiroir était mis en ordre. Viola Fortune le vidait dans la poubelle et le garnissait de nouveau de ficelle, papier collant, ciseaux... Puis, peu à peu, ces précieux objets disparaissaient en signe de protestation contre l'invasion progressive du bric-à-brac.

Parfois, lorsqu'il s'ennuyait, Peter ouvrait le tiroir en espérant que les objets lui inspireraient quelque idée ou lui suggéreraient un jeu. Ils ne le faisaient jamais. Rien ne s'emboîtait dans rien, rien ne se rapportait à rien. Si un million de singes secouaient le tiroir pendant un million d'années, le contenu se transformerait peut-être en radio. Mais la radio ne fonctionnerait jamais et elle ne serait jamais jetée. Et puis il y avait d'autres moments, comme cet après-midi de samedi chaud et morne, où rien n'allait comme il le fallait. Peter avait envie de construire quelque chose, d'inventer quelque chose mais il ne trouvait rien d'utilisable et le reste de la famille ne se préoccupait pas de l'aider. Tout ce qu'ils voulaient faire, c'était paresser sur la pelouse en faisant semblant de dormir. Peter en avait assez d'eux. Le tiroir semblait symboliser tout le côté négatif de la famille. Quel désordre ! Pas étonnant qu'il ne puisse pas réfléchir clairement. Pas étonnant qu'il passe son temps à rêver. S'il vivait seul, il saurait bien où trouver tournevis et ficelle. S'il vivait seul, il saurait également où trouver des idées. Comment pourrait-il réaliser les inventions capitales qui allaient métamorphoser le monde si ses parents et sa sœur régurgitaient de telles montagnes de désordre ?

Ce samedi après-midi, Peter était affairé à fouiller les profondeurs du tiroir. Il cherchait un crochet mais il savait bien qu'il ne fallait pas trop espérer. Ses doigts agrippèrent un petit ressort huileux qui était tombé du sécateur de jardin. Il le relâcha. Derrière le ressort se trouvaient des paquets de graines trop vieilles pour être plantées, pas assez vieilles pour être jetées. « Quelle famille, se dit Peter en avançant la main au plus profond du tiroir. Pourquoi ne sommes-nous pas comme les autres gens, avec des piles là où il faut, et des jouets qui marchent, et des puzzles et des jeux de cartes où rien ne manque, et les choses rangées à leur place ? » Sa main se referma sur quelque chose de froid et lisse. Il ressortit un petit pot bleu foncé au couvercle noir. Une étiquette blanche affichait en caractères d'imprimerie : Crème évanescente. Il fixa longtemps ces mots, essayant d'en comprendre la signification. Le pot était plein d'une épaisse crème blanche à la surface toute lisse. Elle n'avait jamais été utilisée. Il y enfonça le bout de l'index. La substance était froide – pas l'impitoyable froid de la glace étincelante, mais une fraîcheur arrondie, lisse et crémeuse. Il retira le doigt du pot et poussa un petit cri de surprise. Le bout de son doigt avait disparu. Volatilisé ! Il revissa le couvercle et monta en courant à sa chambre. Il plaça le petit pot sur une étagère, écarta d'un coup de pied ses vêtements et ses jouets pour pouvoir s'asseoir par terre, le dos contre le lit. Il avait besoin de réfléchir.

Tout d'abord, il inspecta le bout de son index. Il était pratiquement aussi court que son pouce. Il tâta son doigt là où le bout qui manquait aurait dû se trouver. Il n'y avait rien. Sa phalange n'était pas seulement invisible. Elle s'était volatilisée.

Au bout d'une demi-heure de calme réflexion, Peter

s'approcha de la fenêtre qui donnait sur le jardin, derrière la maison. La pelouse ressemblait à une version extérieure du tiroir de la cuisine. Ses parents étaient allongés, le nez enfoui dans des couvertures, à moitié assoupis, s'imprégnant de soleil. Entre eux se trouvait Kate qui imaginait sans doute que prendre un bain de soleil faisait très grande personne. Le trio était entouré des déchets de leur samedi après-midi perdu : tasses à thé, théière, journaux, sandwiches à moitié finis, pelures d'oranges, pots de yaourt vides. Il regardait fixement sa famille d'un œil plein de rancœur. On ne pouvait rien faire avec ces gens-là, mais on ne pouvait pas non plus s'en débarrasser. A moins que, enfin, peut-être… Il inspira profondément, glissa le petit pot dans sa poche et descendit.

Peter s'agenouilla aux côtés de sa mère. Elle marmonna quelques mots d'une voix assoupie.

– Tu devrais faire attention aux coups de soleil, maman, suggéra doucement Peter. Veux-tu que je te passe de la crème sur le dos ?

Viola Fortune marmonna quelque chose qui ressemblait à un oui. Il sortit le petit pot de sa poche. Il n'était pas facile de dévisser le couvercle avec un index en moins. Il enfila le gant dépareillé qu'il avait pris en passant dans la cuisine. Le dos blanc de sa mère luisait au soleil. Tout était prêt.

Qu'il aimât sa mère et qu'elle l'aimât ne faisait aucun doute dans l'esprit de Peter. Elle lui avait appris à faire du caramel, à lire et à écrire. Elle avait, une fois, sauté d'un avion en parachute et elle restait à son chevet à la maison lorsqu'il était malade. Elle était la seule mère qu'il connût qui puisse se tenir debout sur la tête sans appui. Mais sa décision était prise, il fallait qu'elle disparaisse. Il enfonça le bout de son doigt ganté dans le pot de crème. Le gant ne disparut pas. La magie semblait opérer uniquement sur les tissus vivants. Il laissa retomber la grosse goutte de crème en plein milieu du dos maternel.

– Ah, soupira-t-elle, sans grande conviction. C'est vraiment glacé, ce truc-là.

Peter se mit à étaler la crème et, aussitôt, sa mère commença à disparaître. Il arriva ce moment désagréable où sa tête et ses jambes étaient encore visibles sur l'herbe, avec, entre elles, un intervalle vide. Il se dépêcha d'enduire sa tête et ses chevilles d'un autre doigt de crème.

Elle n'était plus là. A l'endroit où elle s'était allongée, l'herbe était aplatie mais les brins d'herbe se redressaient peu à peu.

Il se dirigea vers son père, le petit pot bleu à la main.

– On dirait que tu attrapes un coup de soleil, papa, dit Peter. Aimerais-tu que je te mette un peu de crème ?

– Non, répondit son père sans ouvrir les yeux.

Mais Peter s'était déjà muni d'une bonne quantité de crème et il était en train de tartiner les épaules de son père. Or, il faut qu'on le sache, il n'y avait personne au monde que Peter aimât autant que son père, excepté sa mère. Et il était clair comme de l'eau de roche que son père l'aimait. Thomas Fortune avait encore dans son garage une moto de cinq cents centimètres cubes de cylindrée (encore une chose qu'il était interdit de jeter) et il lui arrivait d'emmener Peter faire un tour dessus. Il avait appris à Peter à siffler, à lacer ses chaussures d'une façon toute spéciale, à balancer quelqu'un par-dessus sa tête. Mais Peter avait pris sa décision et il fallait que son père disparaisse. Cette fois, il étala la crème en remontant des pieds jusqu'à la tête en moins d'une minute et il n'y eut plus sur l'herbe que les lunettes de Thomas Fortune.

Il ne restait plus que Kate. Elle était étendue à plat ventre, l'air satisfait, entre deux parents effacés. Peter jeta un coup d'œil dans le petit pot bleu. Il y avait juste assez de crème pour quelqu'un de petite taille. Il aurait eu du mal à avouer qu'il aimait sa sœur. Une sœur, c'est tout simplement là, qu'on la veuille ou pas. Mais on s'amuse bien avec elle quand elle est bien lunée, et Kate avait cette sorte de visage qui donnait envie de lui parler, et il était probablement vrai qu'au fond, il l'aimait, et elle aussi. Néanmoins, Peter était résolu : il fallait qu'elle disparaisse.

Il savait que ce serait une erreur de demander à Kate si elle voulait qu'il lui passe de la crème dans le dos. Elle soupçonnerait immédiatement quelque chose de louche. Il est plus difficile de tromper les enfants que les adultes. Il glissa son doigt dans le fond du petit pot et il était sur le point de faire tomber une goutte de taille moyenne sur elle lorsqu'elle ouvrit les yeux et aperçut la main gantée de Peter.

– Qu'est-ce que tu fabriques ? s'écria-t-elle d'une voix perçante.

Elle bondit sur ses pieds, heurtant le bras de Peter, ce qui fit tomber sur sa tête la crème destinée à son dos. Elle était là, debout, en train de se tâter les cheveux.

– Maman, papa, il m'a toute salie, pleurnicha-t-elle.

– Oh, non, s'écria Peter.

La tête et les mains de Kate étaient en train de disparaître. Et la voilà courant autour du jardin comme un poulet décapité et gesticulant de ses bras raccourcis. Elle aurait hurlé si elle avait eu une bouche. « C'est une catastrophe », se dit Peter tout en se mettant à courir après elle.

– Kate ! Écoute-moi. Arrête !

Mais Kate n'avait pas d'oreilles. Elle continua à courir en décrivant des cercles de plus en plus grands jusqu'à ce qu'elle se cogne au mur du jardin et retombe dans les bras de Peter. « Quelle famille ! » pensa Peter en barbouillant Kate avec ce qui restait de crème évanescente. Il fut soulagé lorsque, enfin, elle eut disparu et que le jardin fut redevenu calme.

Tout d'abord, il voulut mettre de l'ordre. Il ramassa les ordures qui jonchaient la pelouse et alla les jeter à la poubelle, théière, tasses et tout le reste, supprimant du même coup la vaisselle à faire. Désormais, la maison allait fonctionner rondement. Armé d'un grand sac en plastique, il se rendit dans sa chambre et y fourra ce qui traînait. Il décida que tout ce qui se trouvait sur son chemin était bon à jeter : les vêtements qui étaient par terre, les jouets sur le lit, les paires de chaussures. Il patrouilla dans la maison, recueillant tout objet qui traînait et qui créait un sentiment de désordre. Il résolut le problème que lui posaient la chambre de Kate et celle de ses parents en refermant tout simplement les portes. Il dépouilla le salon de tous ses bibelots, coussins, encadrements de photos et livres. Dans la cuisine, il débarrassa les étagères de leurs assiettes, des livres de cuisine et des pots d'horribles conserves de légumes au vinaigre. Lorsqu'il eut fini sa tâche, en fin d'après-midi, onze sacs de camelote domestique étaient alignés à côté des grandes poubelles.

Il se fit à dîner : un sandwich au sucre blanc. Lorsqu'il eut fini, il flanqua son assiette et son couteau dans la poubelle. Puis il parcourut la maison, admirant les pièces dénudées. A présent, il pouvait enfin réfléchir méthodiquement, il pouvait enfin se mettre à imaginer ses inventions, dès qu'il aurait mis la main sur un crayon et une feuille de papier blanc. L'ennui, c'est que les choses du genre crayons se trouvaient probablement dans l'un des onze sacs, à côté des grandes poubelles. Tant pis. Avant de se mettre sérieusement au travail, il irait passer quelques minutes devant la télé. La télévision n'était pas interdite chez les Fortune mais on n'était pas particulièrement encouragé à la regarder non plus. La ration quotidienne était d'une heure. Selon les Fortune, la regarder plus longtemps ramollissait le cerveau mais ils n'avançaient aucune preuve médicale à l'appui de cette théorie. Il était 6 heures du soir lorsque Peter s'installa dans le fauteuil avec un litre de limonade, un kilo de caramels et un biscuit de Savoie. Ce soir-là, il regarda la valeur d'une semaine de télévision. 1 heure du matin venait juste de sonner lorsqu'il bondit sur ses pieds et se précipita en titubant dans le vestibule tout noir.

– Maman, appela-t-il. Je vais vomir.

Il se tint la tête au-dessus de la cuvette des toilettes, attendant le pire. Rien ne vint. Ce qui se produisit fut bien plus désagréable. Un bruit difficile à décrire se fit entendre en haut de l'escalier. C'était une sorte de flic-flac grinçant et gluant à la fois, comme si une créature visqueuse traversait une gigantesque flaque de gelée verte sur la pointe des pieds. La nausée de Peter se dissipa pour faire place à la terreur. Il était en bas de l'escalier. Il alluma la lumière et regarda vers le haut des marches.

– Papa, appela-t-il d'une voix rauque. Papa ?

Aucune réponse.

Inutile d'essayer de dormir en bas. Il n'y avait pas de couvertures et il avait jeté tous les coussins. Il commença à monter l'escalier. Chaque marche craquait sous ses pieds, annonçant son arrivée. Les battements de son cœur lui assourdissaient les oreilles. Il crut percevoir à nouveau le bruit, mais il ne pouvait en être sûr. Il s'arrêta, retenant son souffle. Rien que le sifflement du silence et le tambourinement de son cœur. Il monta précautionneusement trois autres marches. Si seulement Kate était dans sa chambre en train de papoter avec ses poupées. Plus que quatre marches jusqu'au palier. S'il y avait un monstre qui allait et venait, en traînant la patte sur une flaque de gelée, il s'était immobilisé et l'attendait. La porte de sa chambre se trouvait à six pas de lui. Il compta jusqu'à trois et prit ses jambes à son cou. Il claqua la porte derrière lui, tira le verrou et, s'y adossant, il attendit.

Il était sain et sauf. Sa chambre vide paraissait menaçante. Il sauta tout habillé dans son lit, chaussures aux pieds, prêt à s'enfuir par la fenêtre si le monstre fracassait la porte de sa chambre. Cette nuit-là, Peter ne dormit pas, il courut. Il courut de rêve en rêve, le long de corridors sonores, à travers un désert de pierres et de scorpions, dans des dédales de glace, dévalant la pente d'un tunnel rose et spongieux aux murs dégoulinants. C'est à ce moment-là qu'il réalisa qu'il n'était pas pourchassé par un monstre : il était en train de courir dans la gorge du monstre.

Il se réveilla en sursaut et se redressa brusquement. Dehors, il faisait jour. Il était midi peut-être, ou le tout début de l'après-midi. La journée avait déjà ce goût d'usé. Il déverrouilla la porte et pointa la tête dans l'entrebâillement. Silence. Vide. Il ouvrit les rideaux de ses fenêtres. Le soleil entra à flots et il reprit un peu courage. Dehors, il y avait le gazouillement des oiseaux, les vrombissements des voitures, le bruit d'une tondeuse à gazon. Lorsque la nuit reviendrait, le monstre reviendrait aussi. Ce qu'il lui fallait, c'était un piège. Pour pouvoir réfléchir clairement et préparer son invention, il fallait d'abord

s'occuper du monstre une fois pour toutes. Il lui fallait – voyons un peu – vingt punaises, une torche électrique et quelque chose de lourd au bout d'une ficelle attachée à un piquet.

Ces réflexions le conduisirent en bas, dans la cuisine. Il ouvrit le tiroir. Il était en train d'écarter une boîte de supports de bougies d'anniversaire qui avaient à moitié fondu la dernière fois qu'on les avait utilisées lorsqu'il remarqua son index. Il était là, en entier ! Il avait repoussé. Les effets de la crème s'étaient dissipés. Il avait à peine commencé à envisager ce que cela pouvait signifier lorsqu'il sentit une main sur son épaule. Le monstre ? Non, Kate, Kate tout entière, d'un seul tenant.

Peter se mit à bafouiller.

– Dieu merci, te voilà. J'ai besoin de toi. Je suis en train de fabriquer un guet-apens. Tu vois, il y a cette chose...

Kate le tirait par la main.

– Cela fait des heures qu'on t'appelle du jardin. Et pendant tout ce temps, tu es resté planté là, à regarder le tiroir. Viens voir ce qu'on est en train de faire. Papa a un moteur de vieille tondeuse. On va fabriquer un aéroglisseur.

– Un aéroglisseur !

Peter se laissa conduire dehors. Tasses, pelures d'oranges, journaux, et ses parents – ressuscités !

– Viens donc, lui cria sa mère, viens nous aider.

Thomas Fortune tenait une manivelle à la main.

– Qui sait ? Cela va peut-être marcher ? dit-il, si tu nous donnes un coup de main.

En courant vers ses parents, Peter se demanda quel jour de la semaine on était. Toujours samedi ? Il décida de ne pas le demander.

## Le tyran

Il y avait à l'école de Peter un petit tyran qui s'appelait Barry Tamerlane. Il n'avait pas l'apparence d'un tyran. Il n'était pas débraillé, il n'était pas vilain, il ne vous regardait pas d'un œil noir, il n'avait pas les jointures des doigts tout égratignées et il ne portait pas d'armes dangereuses. Il n'était pas particulièrement grand, sans être pour autant un de ces gamins petits, secs et nerveux qui sont souvent des bagarreurs vicieux. Il ne recevait pas de fessée à la maison comme beaucoup de petits tyrans, mais il n'était pas gâté non plus. Ses parents étaient gentils mais fermes et ils ne soupçonnaient rien du tout. Il n'avait pas la voix perçante ni rauque, ses yeux n'étaient pas petits et durs, et il n'était même pas particulièrement idiot. En fait, il était assez rondelet et mou sans être vraiment gros, il portait des lunettes, son visage ressemblait à une éponge rose et son appareil dentaire était argenté. Il avait souvent cet air mélancolique et désemparé qui attendrissait certains adultes et qui lui était très utile pour se tirer d'affaire.

Qu'est-ce qui faisait donc de Barry Tamerlane un tyran jouissant d'autant de succès ? Peter avait accordé de longues réflexions rêveuses à cette question. Il en était arrivé à la conclusion que deux raisons étaient à l'origine du succès que connaissait Barry. La première est qu'il semblait capable de passer en un temps record du désir d'avoir quelque chose au plaisir de l'obtenir. Si Barry Tamerlane s'entichait subitement du jouet avec lequel vous vous baladiez dans la cour, il vous l'arrachait tout simplement des mains. S'il avait besoin d'un crayon en classe, il se retournait, et « empruntait » le vôtre, tout bêtement. Si on faisait la queue, il rejoignait directement la tête de file. S'il était en colère contre vous, il vous le disait et puis il vous frappait de toutes ses forces. La deuxième raison du succès dont jouissait Tamerlane, c'est que tout le monde avait peur de lui. Personne ne savait vraiment pourquoi. Le seul nom de Barry Tamerlane suffisait pour que vous sentiez une main de glace fouiller vos entrailles. On avait peur de lui parce que tout le monde avait peur de lui. Il terrifiait parce qu'il avait la réputation d'être terrifiant. Lorsqu'on le voyait approcher, on s'écartait de son chemin, et lorsqu'il demandait des bonbons ou des jouets, on les lui donnait. C'est ce que tout le monde faisait, il semblait donc raisonnable de faire de même.

Barry Tamerlane avait beaucoup de pouvoir à l'école. Personne ne pouvait l'empêcher d'obtenir ce qu'il voulait. Il ne pouvait pas s'en empêcher lui-même. Il était conduit par une espèce de force aveugle. Il apparaissait parfois à Peter comme un robot programmé pour faire tout ce qu'il avait à faire. Comme il était étrange que le fait d'être sans ami, d'être haï et évité par tout le monde ne le tracasse pas !

Bien entendu, Peter ne se frottait guère au tyran, mais il lui portait un intérêt tout particulier. Barry Tamerlane était un mystère. Le jour de ses onze ans, Barry invita chez lui une douzaine de garçons de l'école pour fêter son anniversaire. Peter fit ce qu'il put pour ne pas y aller, mais ses parents ne voulurent rien savoir. Ils aimaient bien M. et Mme Tamerlane, donc, dans leur logique d'adultes, Peter devait bien aimer Barry.

La jeune étoile de cette journée d'anniversaire vint accueillir ses invités à la porte d'entrée.

– Salut Peter ! Merci. Hé, maman, papa, regardez ce que mon ami Peter m'a offert !

Cet après-midi-là, Barry fut charmant avec tous ses invités. Il prit part aux jeux sans s'attendre à gagner à chaque fois pour la seule raison que c'était son anniversaire. Il rit en chœur avec ses parents, remplit les verres, aida à desservir et à faire la vaisselle. A un moment donné, Peter alla jeter un coup d'œil dans la chambre de Barry. Il y avait des livres éparpillés un peu partout, un train électrique par terre, un vieux nounours calé contre un oreiller sur le lit, une panoplie de chimiste, un jeu d'ordinateur : c'était une chambre à coucher en tout point semblable à la sienne.

A la fin de l'après-midi, avec une petite bourrade amicale sur le bras, Barry dit à Peter :

– A demain, Peter.

« Barry Tamerlane mène donc une double vie », se dit Peter en rentrant chez lui. Tous les matins, quelque part le long du chemin entre sa maison et l'école, le garçon se transforme en monstre et, à la fin de la journée, le monstre se retransforme en garçon. Ces pensées conduisirent Peter à imaginer rêveusement toutes sortes de potions magiques et de sortilèges qui métamorphoseraient les gens. Puis, dans les semaines qui suivirent la fête d'anniversaire, il cessa d'y penser. La façon dont on s'accoutume à vivre entouré de mystères est un mystère

en soi, et l'univers était peuplé d'énigmes bien plus intéressantes que Barry Tamerlane.

L'une de ces énigmes avait beaucoup préoccupé Peter ces derniers temps. Il avait croisé dans le couloir menant à la bibliothèque deux grandes élèves des classes supérieures.

L'une disait à son amie :

– Mais comment peux-tu savoir que tu n'es pas en train de rêver à cette minute même ? Il se pourrait très bien que tu sois en train de rêver que tu me parles.

– Oh, eh bien, avait répondu son amie, je pourrais tout simplement me pincer, cela me ferait mal et je me réveillerais.

– Mais imaginons, poursuivit la première. Imaginons que tu ne fasses que rêver de te pincer et que tu ne fasses qu'imaginer que cela t'ait fait mal. Il se pourrait que tout ne soit que rêve, et tu ne le saurais jamais...

Elles tournèrent l'angle du couloir et disparurent. Peter s'arrêta pour réfléchir. C'était une théorie à laquelle il avait lui-même songé, mais sans jamais l'exposer aussi clairement. Il jeta un coup d'œil autour de lui. Le livre de bibliothèque dans sa main, le large couloir lumineux, les lumières au plafond, les salles de classe de part et d'autre, les enfants qui en sortaient : il se pouvait que rien de tout cela n'existe en réalité. Il se pouvait très bien que tout cela ne soit que des idées dans sa tête. Un extincteur d'incendie était accroché au mur juste à côté de lui. Il avança la main et le toucha. Le métal rouge était froid au toucher. L'objet était tout à fait solide, réel. Comment pourrait-il ne pas être réellement là ? Mais, d'un autre côté, c'était bien comme ça dans les rêves : tout paraissait réel. Ce n'est qu'au réveil qu'on comprenait qu'on avait rêvé. Comment savoir s'il n'était pas en train de rêver l'extincteur d'incendie, de rêver la couleur rouge, de rêver le contact de cette couleur ?

Les jours passèrent et Peter continuait à réfléchir à ce problème. Un après-midi, il se tenait debout au milieu du jardin lorsqu'il comprit que, s'il ne faisait que rêver le monde, il était la cause de tout ce qui le composait, de tout ce qui s'y passait. Loin au-dessus de sa tête un avion entamait sa descente. Le soleil accrochait des éclats argentés à ses ailes. Là-haut, les gens redressaient le dossier de leur fauteuil et rangeaient leurs magazines sans se douter un instant qu'ils étaient rêvés par un jeune garçon sur terre. Est-ce que cela signifiait qu'il était responsable des accidents d'avion ? Quelle idée cauchemardesque ! Mais, à ce moment-là, si tel était le cas, les accidents d'avion n'étaient donc pas plus réels. Il n'y avait rien d'autre que des rêves. Il suivit néanmoins l'avion des yeux en souhaitant de toutes ses forces qu'il atteigne l'aéroport sans dommage. Ce qu'il fit.

Un soir, peu de temps après, la mère de Peter entra dans sa chambre pour lui souhaiter bonne nuit. Au moment précis où ses lèvres lui effleurèrent la joue, une autre idée traversa l'esprit de Peter. S'il était en train de rêver, qu'adviendrait-il de sa mère lorsqu'il se réveillerait ? Découvrirait-il une autre mère, plus ou moins semblable, mais réelle ? Ou quelqu'un de totalement différent ? Ou encore personne ? Mme Fortune fut assez étonnée lorsque Peter lui entoura le cou de ses bras en refusant de la laisser partir.

D'autres jours passèrent sans que Peter cesse de tourner et retourner le problème dans sa tête, jusqu'au moment où il commença à penser qu'il était probablement vrai que sa vie n'était qu'un rêve. Il y avait quelque chose de vraiment onirique dans la façon dont les enfants affluaient vers l'école le matin comme une rivière humaine, dans la façon dont la voix de sa maîtresse flottait entre les murs de la salle de classe et dont sa jupe se mouvait lorsqu'elle écrivait au tableau. Et, tout à coup, exactement comme dans un rêve, la maîtresse se tenait à côté de lui et lui disait :

– Peter, Peter ? Est-ce que tu écoutes ? Es-tu de nouveau perdu dans tes rêves ?

Il essaya de lui dire la vérité.

– Je crois, avança-t-il très prudemment, que j'étais en train de rêver à propos des rêves.

Les rires fusèrent dans toute la classe. Heureusement pour Peter, madame Burnett l'aimait bien. Elle lui ébouriffa les cheveux et lui dit :

– Allons, sois attentif, et elle regagna sa place en face des élèves.

Pendant la récréation, Peter se tenait tout seul à un bout de la cour. En le voyant debout près d'un mur, une pomme à la main, les yeux perdus dans le vide, on aurait pu penser qu'il était totalement oisif. En fait, Peter était en train de réfléchir profondément. Il avait été sur le point de croquer sa pomme lorsqu'une autre idée géniale lui était venue à l'esprit. Une véritable révélation. Si la vie était un rêve, alors la mort devait être le moment où l'on se réveillait. C'était si simple que c'était sûrement vrai. On mourait, le rêve se dissipait, on se réveillait. C'est ce que les gens voulaient dire lorsqu'ils parlaient de monter au ciel. C'était comme se réveiller. Peter sourit. Il était sur le point de se récompenser en mordant dans sa pomme lorsque, levant les yeux, il rencontra le visage rond et rose de Barry Tamerlane, le tyran de l'école.

Il souriait, mais il n'avait pas l'air content. Il souriait parce qu'il avait envie de quelque chose. Il avait traversé la cour d'un trait en direction de Peter, coupant en diagonale à travers des parties de football, de marelle et de corde à sauter.

Il étendit la main vers Peter en disant tout simplement :

– Je veux cette pomme.

Et il se remit à sourire. Son appareil dentaire lançait des reflets argentés dans la lumière du soleil.

Peter n'avait rien d'un lâche. Il lui était arrivé une fois de descendre toute une montagne au pays de Galles avec la cheville foulée sans laisser échapper la moindre plainte et, une autre fois, de s'élancer tout habillé dans une mer déchaînée pour sauver de l'écume le chien d'une dame. Mais il n'aimait pas se battre. Il en avait horreur. Il était costaud pour son âge, mais il savait qu'il ne pourrait jamais remporter une bagarre parce qu'il n'aurait jamais le cœur de frapper quelqu'un vraiment fort. Lorsqu'une dispute éclatait dans la cour de récréation, tous les enfants formaient un cercle de spectateurs mais Peter, lui, avait le ventre noué et les jambes flageolantes.

– Allez, dit Barry Tamerlane d'une voix parfaitement posée, passe-la moi ou je te casse la figure.

Peter se sentit gagné de fourmillements des pieds à la tête. Sa pomme était rouge, striée de jaune. La peau était un peu flétrie car il l'avait apportée à l'école une semaine auparavant ; elle était restée enfermée dans son pupitre et elle était imprégnée d'un doux parfum boisé. Est-ce qu'elle valait la peine d'une figure cassée ? Assurément pas. Mais, d'autre part, pouvait-il s'en débarrasser tout simplement parce qu'un tyran la lui demandait ?

Il regarda Barry Tamerlane. Celui-ci s'était un peu rapproché de lui. Son visage rond et rose était empourpré. Ses lunettes magnifiaient ses yeux. Une petite bulle de salive était suspendue entre la bordure de son appareil et l'une de ses dents de devant. Il n'était pas plus grand et certainement pas plus fort que Peter.

Sentant qu'un petit drame se préparait du côté de la cour où se trouvait Tamerlane, quelques enfants commençaient déjà à s'assembler en formant un cercle.

– Allez, vas-y Pete. Rent' lui d'dans, cria l'un d'eux, de façon peu secourable.

Se tournant vers lui, Barry Tamerlane le foudroya d'un regard noir, et le garçon se faufila derrière l'assemblée.

– Allez, vas-y Barry ! Vas-y Baba ! crièrent d'autres voix.

Barry Tamerlane n'aimait pas qu'on lui refuse quelque chose. Il s'apprêtait à se battre. Il avait retiré sa main et s'était planté de profil, le poing serré. Il avait les genoux légèrement fléchis et oscillait d'une jambe sur l'autre. Il semblait savoir parfaitement ce qu'il faisait.

Le cercle d'enfants s'agrandissait. Peter entendit le cri se répercuter à travers la cour :

– Une bagarre ! Une bagarre !

On accourait de toutes parts.

Peter entendait son cœur lui résonner dans les oreilles. La dernière fois que Peter s'était trouvé dans cette situation, c'était quand il avait été un chat, avec dans sa patte fourrée un atout humain. Mais, à présent, les choses n'étaient pas aussi simples. Afin de gagner un peu de temps, il glissa la pomme dans son autre main et demanda :

– Tu veux vraiment cette pomme ?

– Tu as entendu ce que j'ai dit, répondit Tamerlane d'une voix dénuée d'expression. Cette pomme m'appartient.

Peter regarda le garçon qui se préparait à le frapper et se souvint de la fête d'anniversaire trois semaines auparavant au cours de laquelle Barry avait été si gentil, si amical. Il contractait à présent son visage pour se donner l'air le plus féroce possible. D'où lui était venu l'idée qu'à l'école il pouvait faire ou s'approprier tout ce qu'il voulait ?

Peter osa quitter Barry des yeux pendant un instant et regarda le cercle de visages excités et effrayés se pressant autour d'eux. Les yeux étaient écarquillés, les bouches grandes ouvertes. Quelqu'un était sur le point d'être terrassé par Tamerlane le Terrible et personne ne pouvait rien y faire. Qu'est-ce qui rendait le rose et rondelet Barry si puissant ? Tout à coup, venue de nulle part, la réponse surgit en Peter. « C'est tellement évident se dit-il. Nous. C'est nous qui l'avons rêvé tyran de l'école. Il n'est pas plus fort que n'importe lequel d'entre nous. Nous avons rêvé son pouvoir et sa force. Nous avons fait de lui ce qu'il est. Quand il rentre chez lui, personne ne le voit comme un tyran et il redevient tout simplement lui-même. »

Barry éleva de nouveau la voix :

– Ta dernière chance. File-moi la pomme ou je t'envoie valdinguer à Trifouillis-les-Oies.

En guise de réponse, Peter approcha la pomme de ses lèvres et y mordit à belles dents.

– Je vais te dire, répondit-il posément tout en mâchonnant sa pomme. Je ne te crois pas. En fait, je vais te dire quelque chose gratis. Je ne crois pas que tu existes.

On entendit pouffer la foule ébahie et quelques rires fusèrent. Peter avait l'air tellement sûr de lui. Ce qu'il disait était peut-être vrai.

Barry lui-même fronça les sourcils et arrêta de se balancer d'une jambe sur l'autre.

– Qu'est-ce que tu baragouines ?

Peter n'avait plus peur du tout. Il se tenait tout droit en face de Barry, lui souriant comme si, en fait, sa non-existence l'emplissait de pitié. Après s'être demandé pendant des semaines si la vie était un rêve, Peter avait décidé que Tamerlane le tyran en était certainement un, et que s'il frappait Peter au visage de toutes ses forces, cela ne lui ferait pas plus mal qu'une ombre l'effleurant.

Barry s'était repris et se préparait à la mise à mort.

Peter mordit à nouveau dans la pomme. Il approcha le visage tout contre celui de Barry et l'examina attentivement comme s'il était un simple tableau accroché à un mur.

– En fait, tu n'es rien d'autre qu'un gros tas de gelée rose… avec des dents en métal.

Quelqu'un éclata de rire et bientôt la foule entière fut en proie à une hilarité inextinguible. Une véritable symphonie de ricanements, gloussements et fous rires. Les enfants s'agrippaient les uns aux autres ou se tapaient sur les cuisses. Bien entendu, ils en rajoutaient. Ils voulaient se montrer qu'ils n'avaient plus peur. Ils répétaient par bribes :

– Gelée rose… dents métalliques… une gelée avec des dents !

Peter savait bien que sa remarque était cruelle. Mais qu'est-ce que cela pouvait faire ? De toute façon, Barry n'était pas réel. Il rougissait ; il était d'un rose éclatant, plus éclatant qu'aucune gelée. Il n'aimait pas cela du tout, mais alors pas du tout.

Avant que Barry ne puisse exprimer sa colère, Peter poursuivit :

– Je suis allé chez toi. Tu te souviens ? Le jour de ton anniversaire. Tu n'es qu'un gentil petit garçon comme les autres. Je t'ai vu aider ta mère à faire la vaisselle...

– Aaaaaah, entonna la foule sur un long crescendo de pseudo-attendrissement.

– C'est pas vrai, aboya Barry.

Ses yeux étincelaient.

– Et je suis allé dans ta chambre et j'ai vu ton nounours bien bordé dans ton lit.

– AAAAAAAH, hurla la foule.

L'arabesque vocale s'éleva plus haut encore avant de retomber sur une note de mépris profond.

– Ooooooh. Moi tout petit Baba… petit nounours à son Baba… aaaah.

Bien entendu, il n'y avait pas là un seul enfant qui ne chérissait encore en secret un vieil animal en peluche tout rabougri et ne le câlinait la nuit. Mais quelle merveille d'entendre que le tyran en avait un, lui aussi.

Barry Tamerlane avait encore probablement l'intention de balancer à Peter une taloche en travers de la figure.

Il leva le bras et le menaça mollement du poing parmi les cris et les railleries.

Et, juste à ce moment-là, quelque chose d'affreux se produisit. Il éclata en sanglots. Il n'avait aucun moyen de s'en cacher. Les larmes dégoulinaient en petits ruisselets de part et d'autre de son nez et il ne parvenait plus à contrôler sa respiration. Son corps tout entier se soulevait pour parvenir à aspirer quelques petites bouffées d'air. Mais la foule était sans pitié.

– Petit Baba veut sa mama...

– Veut son petit nounours à lui...

– Ooooooh. Non mais, regardez-le un peu…

Le pauvre Barry était secoué de sanglots si violents qu'il n'avait même pas la force de s'en aller. Il se tenait tout simplement là, au milieu du cercle des enfants, mouillant ses mains de ses pleurs. Tout et tous étaient contre lui. Personne ne croyait plus en lui. La bulle de rêve avait éclaté et le tyran avait disparu avec elle.

Peu à peu, les railleries et les rires se dissipèrent, et un silence gêné s'installa dans la foule. Les enfants commencèrent à se disperser et à retourner à leurs jeux. Accourant précipitamment à travers la cour, une maîtresse vint passer le bras autour des épaules du petit garçon solitaire et s'éloigna avec lui en lui disant :

– Mon pauvre enfant. Est-ce que quelqu'un a été méchant avec toi ?

Barry demeura abattu pendant le reste de la matinée. Courbé sur ses cahiers, il ne levait pas les yeux, ne regardait personne. On aurait dit qu'il essayait de se faire tout petit, et même de disparaître complètement.

Peter, lui, n'éprouvait plus aucune fierté. En revenant de la cour de récréation, il reprit sa place à son pupitre, juste derrière Barry, en faisant semblant de ne pas voir les clins d'œil et les sourires reconnaissants tout autour de lui. Il avait terrassé le tyran sans lever le petit doigt et presque toute l'école en avait été témoin. Il était un héros, un conquérant, un surhomme. Il n'y avait rien qu'il ne puisse accomplir avec une intelligence aussi brillante et rusée que la sienne.

Mais, au fur et à mesure que la matinée avançait, ses sentiments commencèrent à changer quelque peu. Ses mots se mirent à le hanter. Les avait-il vraiment dits ? Il prit conscience de la silhouette affalée de Barry Tamerlane devant lui. Peter se pencha en avant et lui tapota le dos avec sa règle. Mais Barry secoua la tête et refusa de se retourner… Peter fit la grimace en se souvenant de tout ce qu'il avait dit. Il essaya de se rappeler à quel point Barry avait été horrible. Bien qu'il tentât de se concentrer sur sa victoire, Peter ne se sentait plus aussi fier. Il s'était moqué de l'embonpoint de Barry, de son appareil dentaire, de son nounours et du fait qu'il aidait sa mère. Il avait voulu se défendre et donner une leçon à Barry, mais il avait fini par le tourner en ridicule et par en faire un être méprisable pour toute l'école. Ses mots avaient fait plus de mal qu'un bon coup de poing sur le nez. Il avait écrasé Barry. Lequel des deux était le tyran à présent ?

En se rendant à la cantine, Peter déposa sur le pupitre de Barry un petit mot qui disait : « Est-ce que tu veux jouer au foot ? P.-S. J'ai un nounours moi aussi, et je dois aider à faire la vaisselle. Peter. »

Barry avait appréhendé d'affronter les autres à la récréation suivante, il s'empressa donc d'accepter. Les deux garçons organisèrent un jeu et firent en sorte d'être dans la même équipe. Ils s'entraidèrent à marquer des buts et, à la fin de la partie, s'en allèrent bras dessus, bras dessous. Cela ne rimait plus à rien de continuer à se moquer de Barry. Peter et lui devinrent amis, peut-être pas les meilleurs amis du monde, mais de bons amis néanmoins. Barry épingla le petit mot de Peter sur le mur de sa chambre, au-dessus de son bureau, et le tyran fut bien vite oublié, comme tous les mauvais rêves.

# Le cambrioleur

Tous les voisins parlaient du cambrioleur. Quelques mois auparavant, il avait cambriolé une maison en bas de la rue. Il s'était faufilé dans la maison vide par l'une des fenêtres de derrière, en plein milieu d'un après-midi ensoleillé. Il avait emporté des couteaux, des fourchettes et un tableau. Maintenant, il remontait systématiquement la rue, maison après maison, d'un côté comme de l'autre.

– Quel culot ! répétait-on. Il va se faire pincer, c'est sûr. La nuit dernière il a fait le numéro 8, la semaine prochaine ce sera le numéro 9.

Mais non, trois semaines plus tard, ou quatre peut-être, il faisait un saut de mouton jusqu'au numéro 11. Puis il venait le lendemain même dévaliser le numéro 12. Il volait des télévisions, des appareils vidéo, des ordinateurs, des statues, des bijoux. Il savait crocheter les serrures, escalader les tuyaux d'écoulement, débrancher les sonneries d'alarme, remettre en place les fermetures des fenêtres et amadouer les chiens méchants. Puis il repartait tranquillement avec son butin en plein milieu de la journée, ni vu ni connu. C'était un magicien, un maestro du vol. Il était invisible, silencieux, léger comme l'air. Il ne laissait ni empreinte de pas dans les plates-bandes des jardins, ni des traces de doigts sur les poignées de porte.

La police était déconcertée. Deux gendarmes en civil furent postés en surveillance dans la rue dans une voiture banalisée. Tout le monde savait fort bien qui ils étaient. Ils étaient assis là, à faire des mots croisés et à manger des sandwiches jusqu'au jour où ils durent quitter leur poste pour quelque affaire plus pressante. Une demi-heure plus tard, le cambrioleur était à l'œuvre et repartait avec une luxueuse boîte de savons parfumés et une canne au pommeau d'argent dérobées dans la maison où Mme Bonjeu, vieille dame cossue aux dents jaunes proéminentes, vivait seule. La canne avait appartenu à son arrière-grand-père, que l'on disait avoir été un missionnaire tyrannique. Il battait les petits Africains qui n'apprenaient pas leur catéchisme.

– Elle avait une valeur sentimentale ! se lamenta Mme Bonjeu lorsqu'elle vint annoncer la nouvelle à la mère de Peter. Une canne qui a fait trois fois le tour du monde au XIXe siècle. Et mon savon, mon précieux savon !

– Je suis bien content qu'il ait pris cette saleté de canne, confia Peter à Kate après le départ de Mme Bonjeu. J'espère que ce cambrioleur la cassera en deux sur son genou.

Kate acquiesça vivement.

– Moi, j'aurais aimé qu'il lui pique ses dents !

Le fait était que Mme Bonjeu, bien qu'elle portât un nom qui la faisait passer pour quelqu'un d'amusant, n'était pas aimée des enfants du quartier. Elle était l'un de ces rares et pitoyables adultes qui sont profondément agacés par le simple fait qu'il puisse exister des enfants. Lorsqu'ils jouaient dehors, elle leur vociférait de sa fenêtre de ne pas se réunir sur son pas de porte. Elle pensait que toutes les ordures que le vent déposait dans son potager résultaient de quelque malice enfantine. Si une balle ou un jouet quelconque atterrissait dans son jardin, elle se précipitait dessus et le confisquait. Elle était toujours de mauvaise humeur et les taquineries des enfants ne faisaient qu'empirer les choses. La mettre en colère était en quelque sorte considéré comme un sport. Les parents de Peter disaient qu'elle était légèrement toquée et qu'elle méritait un peu de compassion. Ils essayaient toujours d'être gentils avec elle. Mais les enfants avaient beaucoup de mal à prendre en pitié une grande personne aux crocs jaunes qui les pourchassait dans la rue.

Peter n'était donc pas fâché que Mme Bonjeu ait été dépossédée de son savon et de sa canne. Il commençait à éprouver un certain respect pour le cambrioleur. Il décida de le surnommer Bill la Bulle. Quelle tête brûlée il devait être pour s'attaquer à toute une rue, maison après maison, en ordre ascendant. A croire qu'il cherchait à se faire attraper !

Les mois passèrent, quelques autres maisons furent cambriolées. Les numéros 15, 19, 22, 27. Il n'y avait plus aucun doute. La Bulle se rapprochait de la maison de Peter, au numéro 38.

Peter avait passé un temps considérable à faire des calculs, crayon et papier en main. Pour autant qu'il puisse en juger, le cambrioleur n'opérait pas en fonction d'une logique basée sur les numéros des maisons. Toutefois, s'il était supposé leur rendre une petite visite, celle-ci devrait avoir lieu d'ici deux semaines. Peut-être ne toucherait-il pas à leur maison. Peter savait que, dans ce cas, il serait déçu. Sans dire mot à personne, il avait décidé qu'il serait celui qui mettrait la main au collet de Bill la Bulle.

Le week-end précédant la visite prévue de la Bulle,

Thomas et Viola Fortune firent des préparatifs. Thomas Fortune cloua les fenêtres à l'aide de longs écrous vissés à la chignole électrique dans les encadrements. Il plaça des verrous plus costauds sur les portes devant et derrière la maison et une fermeture à cadenas au portillon de l'entrée latérale. Il essaya d'installer une sonnerie d'alarme fabriquée par lui-même, mais il se tapa sur le pouce avec un marteau en clouant un fil électrique à un mur, ce qui le rendit d'une humeur de chien. Pis encore, la sonnerie ne fonctionnait pas. Il était trop tard pour la remplacer par une alarme achetée toute faite et, d'ailleurs, cela n'arrêterait pas Bill la Bulle.

Viola Fortune rentra tous ses outils de jardinage préférés. Elle alla de pièce en pièce, enlevant tableaux, bibelots, lampes et livres précieux et les mit sous clef dans un placard en haut de la maison. Peter et Kate cachèrent leurs jouets favoris sous leur lit. On aurait dit qu'il planait sur la rue la menace d'un ouragan, d'un cyclone, d'un typhon qui arracherait tous leurs biens. En fait, il ne s'agissait que d'un brave petit cambrioleur qui faisait assez intelligemment son boulot. Mais était-il plus malin que Peter ?

Peter commença à élaborer son plan. Son premier problème était le suivant : pour réussir à attraper le voleur, il fallait que Peter soit à la maison, et cela signifiait manquer l'école. Il pouvait faire semblant d'être malade, mais il devait faire attention. Il fallait doser les choses avec exactitude. S'il exagérait, l'un de ses parents resterait à son chevet à la maison. Bill la Bulle comprendrait qu'il y avait du monde et il passerait à une autre maison un peu plus haut dans la rue. D'autre part, si Peter ne semblait pas suffisamment malade, il serait envoyé à l'école avec un petit mot l'exemptant d'éducation physique. S'il réussissait son coup, on lui permettrait de rester seul à la maison avec Mme Farrar, leur brave vieille voisine, pour venir jeter un coup d'œil toutes les heures.

Tous les jours, en rentrant de l'école, il s'enfermait à clef dans la chambre et s'exerçait à avoir l'air malade. Il se poudra le visage de farine pour avoir l'air pâle. Le miroir lui renvoya l'image d'un mort vivant. Il mâcha des grains de poivre pour se donner de la fièvre. Cela ne marcha que trop bien ! Il avait la bouche et la gorge en feu et sa température monta en flèche. On l'aurait emmené d'autorité à l'hôpital. Il se demanda s'il ne valait pas mieux avoir une cheville foulée. Il s'exerça à boiter dans le minuscule espace libre de sa chambre. Il ressemblait plutôt à un jeune garçon en train de se métamorphoser en crabe.

Il était encore occupé à mettre au point sa maladie, trois jours plus tard, lorsque sa mère lui apprit la nouvelle : M. et Mme Baden-Baden du numéro 34 avaient été cambriolés. Ils avaient acheté, deux mois avant seulement, à un prix exorbitant, le dernier cri en matière de sonnerie d'alarme, munie d'avertisseurs lumineux rouges et bleus, d'ultrasons et d'une sirène monumentale. Un fantomatique Bill la Bulle semblait avoir traversé les murs et avait volé une raquette de tennis ancienne, de quatre cents ans, gardée dans une vitrine, et un tabouret de piano tout vermoulu sur lequel Mozart était censé s'être assis pendant une ou deux minutes lorsqu'il avait cinq ans.

– N'est-ce pas une honte ? dit Viola Fortune.

– C'est scandaleux, acquiesça Peter.

Mais une fois sa mère partie, il se mit à boxer dans le vide tant il était excité. Bill la Bulle arrivait. Peter n'avait aucune raison de croire que sa propre maison, le numéro

38, serait la suivante. Mais il en avait décidé ainsi parce que c'est ainsi qu'il voulait que les choses se passent et, d'une façon ou d'une autre, cela semblait être une raison suffisante. Impossible également qu'il puisse prévoir le moment où l'effraction suivante surviendrait. Mais il pressentait que Bill la Bulle leur rendrait une petite visite d'ici quatre à cinq jours.

Or, tout en mettant la dernière touche à la maladie qui allait le frapper, Peter se demandait de quelle façon il allait s'y prendre pour arrêter le voleur. Il passait ses journées à imaginer des chausse-trapes : un filet dégringolant du plafond, un lingot d'or enduit de colle forte, un cable électrique relié à des poignées de porte, des pistolets en caoutchouc, des flèches empoisonnées, des lassos, des systèmes de poulies et de cordes, des marteaux, des ressorts, des lampes halogènes et des chiens méchants, des écrans de fumée, des rayons laser, de la corde à piano et une fourche de jardin. Mais Peter n'était pas un imbécile. Il savait parfaitement que toutes ces idées pouvaient marcher, mais il savait aussi que, pour un gamin de onze ans, les réaliser était presque impossible.

Ce samedi matin-là, il était allongé sur son lit en train de réfléchir. Il se surprit les yeux rivés sur le vieux trou de souris dans la plinthe près de son lit. Il n'y avait plus de souris à présent, et le trou semblait se prolonger à l'infini sous le mur et, plus bas, sous les lattes du plancher. Puis, son regard alla se poser sur l'étagère où il rangeait ses trésors les plus précieux et, soudain, il entrevit la solution. Quoi qu'il fasse, il fallait que ce soit simple. Il y avait un trou de souris, et là-haut se trouvait son cadeau d'anniversaire de l'année précédente qui semblait le regarder et lui dire : « Pourquoi ne pas m'utiliser ? Pourquoi ne pas m'utiliser ? »

Il s'assit à sa table, prit une feuille de papier et, d'une main tremblante, écrivit une lettre très courte, la lettre la plus importante peut-être qu'il ait jamais écrite. Il la glissa ensuite dans une enveloppe sur laquelle il nota quelque chose, puis il la déposa en bas, sur le secrétaire dans lequel on gardait toutes les factures de la maison. Il la dissimula un peu, de façon à ce qu'elle ne soit pas immédiatement visible, mais qu'elle puisse être trouvée facilement. Écrits en lettres majuscules sur l'enveloppe se trouvaient ces mots : « A ouvrir au cas où je mourrais subitement. »

Viola Fortune se targuait de bien connaître ses enfants. Elle connaissait leurs humeurs, leurs faiblesses, leurs soucis et tout ce qui les concernait bien mieux qu'ils ne le savaient eux-mêmes. Par exemple, elle devinait que Peter et Kate était fatigués bien avant qu'ils ne ressentent leur fatigue. Elle savait également quand ils étaient vraiment de mauvaise humeur même si eux pensaient être de bonne humeur. Ce dimanche soir-là, elle remarqua sans faire de commentaire que Peter mettait assez longtemps à descendre dîner après qu'on l'eut appelé, qu'il avait vidé son assiette, certes, mais avec un effort qui n'était perceptible que pour elle, et que la seule suggestion de se resservir avait fait frémir sa lèvre supérieure d'une secrète moue de dégoût. Et cela, devant un dîner composé de steak et pommes frites noyées sous un demi-litre de ketchup.

– Peter mon chéri, tu n'as pas l'air très bien, finit-elle par dire.

– Je me sens en pleine forme, répondit-il en soupirant et en se passant la main sur le visage.

– Je crois que tu as besoin de te coucher tôt ce soir, dit Viola.

– Mais non pas du tout, répondit Peter.

Mais sa mère remarqua dans sa grande sagesse qu'il ne rechignait pas avec son énergie habituelle.

Lorsqu'on lui donna l'ordre d'aller se mettre en pyjama après dîner, il n'opposa qu'un semblant de résistance. Lorsqu'elle alla jeter un coup d'œil dans sa chambre, vingt minutes plus tard, il dormait déjà. « Ce n'est pas moi qui vais croire ça, se dit-elle en repartant sur la pointe des pieds. Il n'est vraiment pas dans son assiette. »

Peter resta éveillé jusqu'à minuit pour mettre ses plans au point. Le lendemain matin, sa mère n'eut pas grand mal à constater à quel point il était pâle et abattu. Elle prit sa température. Rien de bien grave, mais il était clair que Peter ne pouvait pas aller à l'école, malgré ses supplications. Il était en assez bonne forme pour pouvoir lire et regarder la télévision, et Mme Farrar fut donc chargée de le surveiller. Peter s'installa sur le canapé du salon.

– Ce n'est pas plus mal que la maison ait l'air habitée, commenta son père lorsqu'il vint lui dire au revoir. Augmente le volume de la télévision le plus possible. Au moins comme cela, tu tiendras le cambrioleur à distance.

Tout le monde partit. Peter éteignit la télévision et s'allongea sous la couverture, écoutant les craquements et les murmures d'une maison qui retombe dans le silence. Il ne s'attendait pas à voir débarquer le voleur, pas à neuf heures et demie du matin. Il était convaincu que les cambrioleurs ne se levaient pas si tôt. Bill la Bulle devait probablement dormir jusqu'à midi et s'attabler ensuite devant un long petit déjeuner durant lequel il prenait le temps d'organiser son prochain coup à l'aide de café bien tassé, tout en parcourant le journal à la recherche d'annonces d'arrestations de vieux amis.

Et, de fait, la matinée s'écoula sans incidents. Mme Farrar lui apporta des petits gâteaux qu'elle venait de faire. Peter regarda la télévision, lut, vérifia son équipement et erra dans la maison, éteignant une ou deux lampes et fermant les rideaux du salon de façon à ne pas être aperçu du dehors. Vue de la rue, la maison paraissait déserte. Une certaine excitation commençait à s'emparer de lui. Il prit le déjeuner préparé à son intention bien qu'il n'eût pas faim. Il en avait assez de regarder la télévision, de lire et, par-dessus tout, d'attendre. Il rôda de pièce en pièce. Il s'approcha silencieusement des fenêtres et jeta un coup d'œil dans la rue. Tout était calme, morne, sans le moindre signe d'un cambrioleur. Il s'était peut-être stupidement trompé. Peut-être devrait-il être à l'école, avec ses amis.

Il monta dans sa chambre en prenant soin d'emmener avec lui son équipement anticambrioleur. En se penchant à la fenêtre, il voyait clairement la rue sur toute sa longueur : personne, rien, pas même une voiture. Il s'allongea sur son lit et poussa un petit grognement. Attraper des cambrioleurs était supposé être quelque chose d'excitant et, en fait, voilà bien la journée la plus vide et la plus ennuyeuse qu'il ait jamais passée. Faire semblant d'être malade et passer une matinée oisive l'avait rendu très las.

Il ferma les paupières et se laissa emporter. Il ne dormait pas vraiment, il somnolait plutôt. Il avait conscience d'être couché sur son lit et il pouvait entendre les bruits du dehors par la fenêtre ouverte. Des pas, d'abord éloignés, se rapprochèrent. Ensuite, il y eut un raclement, le bruit sec et précis de quelque chose qu'on traînait, comme un bruit de métal frottant contre la porte, et ce bruit s'amplifia lui aussi avant de cesser. Peter était suffisamment éveillé pour réaliser qu'il devait vraiment essayer d'ouvrir les yeux. Il fallait descendre du lit et fermer la fenêtre. Mais il était si douillettement installé, et son corps était si lourd, si mou, comme un ballon rempli d'eau... Ouvrir les yeux lui aurait demandé un véritable effort. Un autre bruit se produisit, là, juste en bas, sous sa fenêtre, un tambourinement feutré et régulier qui ressemblait à un bruit de pas, mais plus lent, comme si quelqu'un montait à une échelle. Puis il y eut un bruit de respiration laborieuse et ronchonne qui s'amplifiait de seconde en seconde.

Peter reprit conscience et ouvrit les yeux. La fenêtre ouverte remplissait son champ de vision. Il pouvait entrevoir le bout d'une échelle en aluminium appuyée contre le chambranle de la fenêtre, et une main, une vieille main ridée, suivie d'une autre, cherchant à tâtons un appui sur le rebord. Peter se laissa retomber sur les oreillers. Il était bien trop terrifié pour se souvenir des plans qu'il avait soigneusement élaborés. Il ne pouvait rien faire d'autre que regarder. Une tête et des épaules apparurent dans l'encadrement de la fenêtre. Le visage était caché par un foulard écossais et un bonnet noir enfoncé sur la tête. La silhouette s'immobilisa un instant et ses yeux scrutèrent l'intérieur de la chambre mais elle n'aperçut pas Peter. Puis elle commença à enjamber avec force grognements irrités et chuchotements : « Quelle cochonnerie de truc ! » jusqu'au moment où elle mitun pied dans la chambre dont elle examina le contenu, toujours sans remarquer Peter qui était d'une telle immobilité qu'il semblait faire partie des motifs du couvre-lit.

Le cambrioleur sortit du fond d'une poche une paire de gants noirs et les enfila prestement. Puis il défit son foulard et repoussa le bonnet sur son front. Mais il ne s'agissait pas d'un « il ». Peter ne put se retenir de pousser un cri de surprise. Le cambrioleur le regarda droit dans les yeux sans marquer le moindre étonnement.

– Madame Bonjeu ! murmura Peter.

Elle lui décocha un sourire de ses dents jaunes et haussa les sourcils.

– Oui. Je t'ai vu juste au moment où j'enjambais la fenêtre. Je me demandais quand tu allais me reconnaître.

– Mais vous avez été cambriolée la semaine dernière…

Elle lui jeta un regard plein de compassion devant tant de stupidité.

– Vous avez fait exprès, pour que personne ne vous soupçonne… ?

Elle acquiesça allégrement. Elle semblait heureuse dans son rôle de cambrioleur.

– Bon, et maintenant, est-ce que tu vas me laisser faire tranquillement mon travail et promettre de tenir ta langue. Ou va-t-il falloir que je te tue ?

Et, tout en lui posant cette question capitale, elle avançait dans la chambre, fouinant partout avec les yeux.

– Pas grand-chose par ici, en fait. Mais ça, je vais le prendre.

Elle saisit sur une étagère un modèle réduit de la tour Eiffel que Peter avait acheté à Paris lors d'un voyage organisé par l'école. Elle le glissa dans sa poche.

C'est à ce moment-là que Peter se souvint de son plan. Il saisit son appareil photo qu'il avait placé sur sa table de chevet.

– Madame Bonjeu ? l'interpella-t-il suavement.

Elle interrompit son inventaire des jouets de Peter et le flash foudroya de plein fouet son visage. Et de nouveau, un flash… un autre flash… Au troisième éclair de flash, Peter déclencha le mécanisme permettant de rembobiner la pellicule.

– Dis donc, donne-moi un peu cet appareil, mon petit gars. Et que ça saute.

Ces quatre derniers mots lui sifflèrent aux oreilles. Elle étendit vers lui une main tremblante de colère.

Peter subtilisa la pellicule. Lui tendant l'appareil, il se pencha par-dessus le bord du lit et envoya rouler la pellicule au fond du trou de souris.

– Qu'est-ce que tu fabriques, petit ? Cet appareil de photo est vide !

– Tout à fait exact, répliqua Peter. Les photos sont là-dedans, tout au fond. Vous n'arriverez jamais à les sortir de là !

Mme Bonjeu s'accroupit pour vérifier et l'on entendit un concert de craquements de ses articulations. Puis elle se releva, haletante et ronchonna.

– Oh zut, dit-elle, distraitement. Tu as raison. J'ai l'impression qu'il va falloir que je te tue, après tout.

Et, ce disant, elle sortit un revolver et le pointa en direction de la tête de Peter.

Il se colla contre le mur.

– J'aimerais autant que vous ne le fassiez pas, dit-il. Mais si vous insistez, il y a quelque chose que vous devez savoir d'abord. Ce ne serait pas juste de vous le cacher.

Mme Bonjeu lui adressa un sourire froid et dépourvu d'humour.

– Bon, alors vas-y, dis-le, et vite.

Peter parla très vite.

– Quelque part dans cette maison se trouve une enveloppe avec l'inscription « A ouvrir au cas où je mourrais subitement ». Ce qui est écrit à l'intérieur, c'est que, dans ce trou de souris, se trouvent des photos du cambrioleur qui est de surcroît un assassin. Il leur faudra utiliser un levier et un gros marteau, mais je suis certain qu'il s'en donneront la peine.

Il fallut au moins une bonne minute avant que Mme Bonjeu digère toutes ces informations et, pendant tout ce temps, elle maintint le revolver pointé sur la tête de Peter. Finalement, elle baissa l'arme, sans toutefois la remettre en place.

– Très astucieux, dit-elle sèchement. Mais tu n'as pas suffisamment bien réfléchi à ton petit plan. Si je te tue, on découvrira les photos et on m'arrêtera. Mais si je ne te tue pas, tu remettras les photos à la police et je serai cuite de toute façon. Alors, autant que je te tue, juste pour m'amuser. Et pour te punir de me mettre des bâtons dans les roues.

Elle fit sauter le cran d'arrêt du revolver avec un claquement métallique et pointa une fois de plus l'arme sur Peter. Il était en train d'essayer de descendre du lit en gardant les mains en l'air, tâche assez difficile. Il ne voulait vraiment pas être tué. Il était à quelques semaines à peine de son anniversaire et il espérait bien qu'on allait lui offrir une nouvelle bicyclette.

– Mais madame Bonjeu, bégaya-t-il, j'ai pensé à tout ça. Si vous promettez d'arrêter de cambrioler et de rendre tout ce que vous avez volé, j'essaierai de récupérer les photos et je vous les rendrai. Croix de bois, croix de fer.

Mme Bonjeu plissa les yeux en réfléchissant.

– Hmm. Remettre tout ça en place ne sera pas une mince affaire, tu sais.

– Vous pourriez le faire en pleine nuit et laisser les choses sur le pas de la porte des gens.

Mme Bonjeu rangea son revolver. Peter baissa les bras.

– Tu sais, fit-elle d'une voix enjôleuse, j'espérais arriver jusqu'au bout de la rue. Est-ce que je ne pourrais pas juste…

– Désolé, interrompit Peter. Il faut que cela cesse tout de suite. C'est mon offre. Si cela ne vous plaît pas, alors allez-y, tuez-moi.

Elle lui tourna le dos, sembla hésiter et, pendant quelques secondes cauchemardesques, Peter pensa que le tuer était exactement ce qu'elle allait faire. Mais elle sortit son foulard, s'en enveloppa le bas du visage et renfonça son bonnet sur les yeux. Elle se dirigea vers la fenêtre et commença à l'enjamber.

– Tu sais, je me suis amusée comme une petite folle pendant ces dernières semaines. Et maintenant je n'aurai rien d'autre à faire que de recommencer à crier après les enfants.

– Oui, acquiesça Peter gentiment. Mais on ne peut pas vous arrêter pour ça.

Après lui avoir adressé un dernier sourire de ses dents jaunes, elle disparut. Peter entendit le grincement de ses chaussures sur les barreaux de l'échelle et le raclement de l'échelle qu'on retirait du mur. Il s'assit sur le bord de son lit, enfouit sa tête dans ses mains et soupira. Un peu plus et il y passait.

C'est dans cette position qu'il entendit quelqu'un monter l'escalier quatre à quatre. La porte s'ouvrit brusquement et son père se précipita à ses côtés, lui prenant la main.

– Dieu merci, tu es sain et sauf, dit Thomas Fortune hors d'haleine.

– Oui, dit Peter. C'était très très…

– Tu dormais tranquillement ici, dit son père. Tant mieux. Tu n'as rien entendu. Il a pris la télévision, la cou-

verture et toutes les savonnettes de la salle de bains. Il a découpé un trou dans le carreau de la petite fenêtre et dévissé les écrous…

Tandis que son père continuait à parler, Peter avait les yeux fixés sur le trou de souris. Pendant les jours qui suivirent, il passa des heures à plat ventre à fouiller l'intérieur de la cavité à l'aide d'un cintre en fer déplié et redressé. Chaque fois qu'il croisait Mme Bonjeu dans la rue, elle faisait semblant de ne pas le voir. Elle ne tint jamais sa promesse et ne rendit jamais les biens qu'elle avait volés et, dans l'intervalle, les cambriolages se poursuivirent jusqu'au bout de la rue. Si seulement il pouvait mettre la main sur ces photos, elle irait droit en prison, il continua donc à fouiller et à fourrager dans le trou avec son bout de fil de fer. Mais il ne trouva jamais cette pellicule de photos, pas plus qu'il ne retrouva son modèle réduit de la tour Eiffel.

# Le bébé

Par un après-midi de printemps, dans la cuisine baignée de soleil, Peter et Kate apprirent que leur tante Laura et son bébé, Kenneth, allaient venir vivre quelque temps chez eux.

On ne leur donna pas d'explications, mais il était clair, d'après l'air solennel de leurs parents, que leur tante devait connaître des difficultés.

– Laura et le bébé prendront ta chambre, Kate, ajouta leur mère. Et il faudra que tu t'installes dans la chambre de Peter.

– Cela ne t'ennuie pas, Peter ? demanda son père.

Peter haussa les épaules. Il ne semblait pas avoir le choix.

Donc, ainsi fut fait. En réalité, Peter se réjouissait de l'arrivée de Laura. C'était la plus jeune des nombreux frères et sœurs de sa mère, et il l'aimait bien. Elle était casse-cou et rigolote.

Un jour, à une foire de campagne, il l'avait vue sauter d'une grue de soixante mètres de haut attachée à un élastique.

Elle était tombée à pic du ciel à une vitesse fulgurante et, juste au moment où elle allait s'écraser sur l'herbe, elle était remontée en flèche en l'air en poussant un long hurlement d'hilarité mêlée de terreur.

Kate vint s'installer dans la chambre de Peter avec son nouveau jouet, une panoplie de magie avec baguette magique et livre de sortilèges. Elle était également accompagnée d'un petit détachement d'une trentaine de poupées. Ce même jour, une montagne d'ustensiles pour bébé fit irruption dans la maison : un petit lit à barreaux, une chaise haute, un parc à jeux, un landau, une poussette, un petit chariot, une balançoire d'intérieur et cinq énormes sacs bourrés de vêtements et de jouets. Peter était sceptique. Une toute petite personne n'avait sûrement pas besoin de tant de choses. Kate, en revanche, était folle d'excitation. Elle n'avait jamais été aussi excitée de sa vie, même la veille de Noël.

Les enfants furent autorisés à monter se coucher plus tard que d'habitude afin d'accueillir les visiteurs. Le bébé endormi fut installé sur le sofa. Kate s'agenouilla à ses côtés comme si elle était à l'église, le regard rivé sur le visage du nourrisson, poussant de temps à autre de petits soupirs. Laura s'assit de l'autre côté de la pièce et alluma une cigarette d'une main tremblante. Peter comprit du premier coup d'œil qu'elle n'était pas d'humeur à des drôleries ou à des acrobaties dangereuses, à moins, bien sûr, que fumer des cigarettes ne soit considéré comme tel. Elle répondait par monosyllabes aux quelques remarques et questions discrètes de sa mère, en tournant brusquement le visage pour expirer la fumée vers un coin de la pièce où personne n'était assis.

Pendant les quelques jours qui suivirent, ils aperçurent à peine Laura et virent beaucoup bébé Kenneth. Peter était époustouflé de voir l'espace que pouvait occuper une toute petite personne. Le landau et la poussette étaient dans le vestibule, le parc à jeux, la balançoire et le petit chariot étaient entassés dans le salon avec un énorme fatras de jouet et, dans la cuisine, la chaise haute bloquait l'accès au placard où se trouvaient les biscuits.

Kenneth était partout à la fois. C'était un de ces bébés qui rampent si efficacement qu'ils n'ont rien à gagner à essayer de marcher. Il traversait le tapis, lourdement, mais avec une rapidité déconcertante, comme un tank militaire. Il était du genre bébé Cadum, avec une énorme mâchoire carrée dans un visage rebondi et couvert de bave, d'une roseur éclatante ; il avait des yeux vifs et décidés et il écartait les narines à la manière d'un lutteur de sumo dès qu'il n'obtenait pas immédiatement ce qu'il désirait.

Kenneth était du genre touche-à-tout. S'il voyait à portée de sa main un objet qu'il pouvait soulever, son petit poing chaud et mouillé se refermait dessus et le portait à sa bouche. C'était une habitude déplorable. Il essaya de manger le pilote qui était assis dans la cabine de pilotage du modèle d'avion que Peter était en train de monter et de coller. Kenneth mâchouilla également les ailes de l'avion. Il mâchonna les devoirs de Peter. Il mastiqua aussi les crayons, la règle et les livres. Il rampa jusque dans la chambre et essaya de mâchouiller l'appareil photo que Peter avait reçu comme cadeau d'anniversaire.

– Il est malade ! hurla Peter en essuyant l'appareil, pendant que sa mère repartait avec Kenneth dans les bras. S'il pouvait nous mettre dans sa bouche, il nous mangerait, tous autant que nous sommes ?

– Ce n'est qu'une phase, répondit Kate, avec une grande sagesse. Nous sommes tous passés par là.

Ce calme, ce ton de moi-qui-sais-tout qu'elle avait

adopté depuis l'arrivée de Kenneth commençait à agacer sérieusement Peter. Elle ne faisait que copier leur mère. Qui aurait donc pu nier que ce bébé était affreux ? Le pire était le moment des repas. Kenneth avait le don de transformer la nourriture en une infâme bouillie. Il touillait et écrabouillait ce qui se trouvait dans son assiette jusqu'à ce que le tout devienne une espèce de colle liquide dont il tartinait ses bras, son visage, ses vêtements et sa chaise haute. Rien qu'à le voir faire, Peter en avait la nausée. Il devait manger les yeux fermés. Quant à l'éventualité d'une conversation, c'était une chose qu'on ne pouvait envisager car le bébé hurlait à pleins poumons à chaque cuillérée, ou presque.

Le bébé avait pris possession de la maison. Il n'y avait pas un seul coin à l'abri de ses cris, de ses odeurs, de son rire fou de hyène ou de ses petites mains avides. Il vidait les placards et les étagères de la bibliothèque, déchirait les journaux, renversait les lampes et les bouteilles de lait pleines. Cela ne semblait ennuyer personne. En fait, tout le monde, la mère de Peter, sa tante, sa sœur et son père roucoulaient de ravissement à chaque nouvelle abomination.

Les choses explosèrent un jour, en fin d'après-midi, après le retour de l'école. Bien que ce fût le plein été, il pleuvait et il faisait froid. Kate lisait, allongée sur son lit. Peter était agenouillé par terre. La folie des billes s'était emparée de l'école et il était un fin joueur. Le jour précédent, il avait gagné la plus belle bille qu'il ait jamais vue, une gemme verte. Elle était plus petite que la plupart des autres billes et semblait briller de son propre éclat. Il était en train de jouer avec elle, l'envoyant rouler sur le tapis en direction de la grosse bille ambrée qu'il utilisait toujours pour s'exercer à viser. Au moment même où la gemme verte quittait la paume de sa main, la grosse tête chauve de Kenneth apparut au coin de la porte. La bille roula droit vers lui et il avança vers elle avec ardeur.

– Kenneth, non ! cria Peter.

Mais il était trop tard. Le bébé s'empara de la bille et la mit dans sa bouche. Le premier geste de Peter fut de se précipiter vers lui dans l'intention de lui ouvrir les mâchoires de force. Puis il s'arrêta. Ce qui était arrivé était terriblement clair. Le bébé était assis, parfaitement immobile. Pendant une seconde, ses yeux semblèrent sortir de leurs orbites et une expression d'irritation mêlée d'étonnement passa sur son visage. Puis il battit des paupières une fois, deux fois, regarda Peter et sourit.

– Non, murmura Peter. Il l'a avalée.

– Avalé quoi ? demanda Kate sans lever les yeux de son livre de sortilèges.

– Ma gemme verte, la bille que j'ai gagnée hier.

Kate adopta son ton de voix moi-qui-sais-tout.

– Oh, ça. Ne t'en fais pas. Elle est minuscule et lisse. Elle ne lui fera pas de mal.

Peter décocha un regard furieux à Kenneth qui, tout à fait satisfait, était occupé à contempler sa main.

– Ce n'est pas lui qui m'intéresse. Et ma bille, alors ?

– Ça ira, tu verras, répondit Kate. Elle ressortira de l'autre côté.

Peter frissonna.

– Merci mille fois.

Kate referma son livre de sortilèges. Elle se pencha en avant et chatouilla Kenneth. Il rit et se mit à ramper vers son lit.

– Tu veux que je te dise ce que je pense ? dit-elle.

Peter ne répondit pas. Il savait ce qu'elle allait lui dire.

– Je crois que tu es jaloux de Kenneth.

Comme sa sœur était horripilante !

– Ça, c'est vraiment idiot ! rétorqua Peter. C'est le truc le plus bête que j'aie jamais entendu de ma vie. Comment pourrais-je être jaloux de cette chose-là ?

Il regarda férocement le bébé qui lui rendit son regard avec un intérêt candide, son énorme tête ballottant de-ci de-là.

– Ce n'est pas une chose, dit Kate. C'est une personne. De toute façon, c'est bien simple : c'est lui qui intéresse tout le monde à présent, et plus toi.

Peter la regarda d'un œil soupçonneux.

– Tu n'as pas inventé ça toute seule. Qui a donc dit ça ?

Sa sœur haussa les épaules.

– De toute manière, c'est vrai. Ce n'est plus toi le garçon le plus jeune de la maison. Et c'est pour cette raison que tu es détestable avec lui.

– Moi, détestable avec lui ? Mais, c'est lui qui a avalé ma bille. Il est complètement timbré. Une peste. Un monstre !

Le visage de Kate s'était empourpré de colère. Elle se leva et posa Kenneth par terre.

– C'est un vrai petit trésor. Et tu es vraiment horrible. Il est grand temps que quelqu'un te donne une leçon.

Elle saisit son livre de sortilèges et se précipita hors de la chambre. Le bébé la suivit en se traînant lourdement.

Une demi-heure plus tard, Peter descendit de sa chambre. Kate était affalée dans un fauteuil du salon, son livre grand ouvert sur les genoux. Kenneth était par terre, calme pour le moment puisqu'il était occupé à mâchouiller un vieux magazine.

Peter emporta une chaise à l'autre bout de la pièce. Il voulait poursuivre la dispute. Il voulait découvrir où Kate était allée chercher ses idées absurdes. Mais il ne savait pas trop comment s'y prendre. Sa sœur était perdue dans sa lecture, sourcils froncés, tripotant la baguette magique noire qui accompagnait le volume. Kenneth avait remarqué Peter et se mit en route à quatre pattes dans sa direction. S'appuyant à la jambe de Peter, le bébé se hissa debout et se tint, chancelant, entre les genoux de son aîné.

Peter regarda sa sœur par-dessus la tête du bébé. Elle ne leva pas les yeux. Elle était encore fâchée contre lui. Heureusement que la panoplie de magie n'était qu'un jeu ! Ses yeux revinrent se poser sur Kenneth. Le bébé le regardait fixement dans les yeux et il fronçait les sourcils, comme s'il fouillait dans sa mémoire pour retrouver quelque chose, un souvenir, quelque indice perdu relatif à une autre vie.

– Gaaaa, babilla doucement Kenneth.

– Gaaaa, répéta Kate de l'autre côté de la pièce.

Elle tenait la baguette magique pointée sur Peter.

– Gaaaa, gaaaa, reprit Kenneth.

– Gaaaa, gaaaa, fit Kate en écho, puis elle décrivit un cercle dans l'air.

La pièce fut envahie de lumière et bascula sur elle-même de sorte que le sol surplombait le plafond, et elle grandit jusqu'à atteindre la taille d'un gigantesque hall d'entrée de château.

Debout, Peter vacillait tout en essayant de garder son équilibre. Il s'agrippa à une colonne. Elle était vivante et chaude. C'était une jambe, une jambe colossale. Peter leva sa lourde tête branlante et tenta de diriger son regard flageolant vers le propriétaire de la jambe. Il entrevit un visage, qui disparut de son champ de vision. Il renversa son énorme tête en arrière et l'aperçut à nouveau, une version géante de lui-même en uniforme d'école, abaissant sur lui un regard ostensiblement chargé de dégoût. Engourdi, Peter porta son regard sur ses propres vêtements – une grenouillère ridicule, imprimée de petits oursons, toute tachée au milieu de jus d'orange et de chocolat. Horreur, catastrophe ! Kenneth et lui avaient échangé leurs corps.

Abasourdi, Peter lâcha la jambe et retomba par terre en position assise sur le sol.

– Houp-là ! entendit-il dire à sa place une voix musicale.

C'était affreux, c'était injuste, c'était terrifiant. Il était au bord des larmes, mais il ne pouvait pas se rappeler la raison pour laquelle il était bouleversé. Son attention zigzaguait d'une chose à l'autre.

– Au secours, pour l'amour du ciel ! cria-t-il. Que quelqu'un vienne à mon secours !

Mais ce que ses lèvres formulaient n'était qu'une succession de « zeuh zeuh » maladroits. Sa langue refusait de se placer là où il le voulait et il semblait n'avoir qu'une seule dent.

Son visage était baigné de larmes et il était juste en train d'emplir ses poumons d'air pour beugler tout son chagrin, lorsque quelque chose de puissant l'empoigna sous les aisselles et il fut propulsé à plus d'un mètre de haut. Bouche béante, il bavait d'ahurissement. Il était nez à nez avec sa tante Laura, les yeux rivés sur son visage aussi colossal et escarpé qu'une falaise. Elle ressemblait à l'un de ces présidents américains sculptés à même la montagne.

Sa voix, aussi étoffée et mélodieuse qu'un orchestre symphonique, lui hurla dans les oreilles.

– 5 heures. Dîner, bain et dodo !

– Pose-moi par terre, tante Laura. C'est moi, Peter.

Mais ce qui sortit fut : « Aaa, agouuu, amama. »

– C'est ça, l'encouragea-t-elle. Dîner, bain et dodo. Tu l'as entendu ? dit-elle en s'adressant à quelqu'un qui se trouvait quelque part au loin. Il essaye de parler.

Peter se mit à donner des coups de pied et à gigoter.

– Repose-moi par terre !

Mais le voilà soudain qui vola à travers la pièce à une vitesse vertigineuse. Il allait certainement s'écraser en mille morceaux contre le chambranle de la porte.

– Iiiiiik ! piailla-t-il.

Ayant changé de direction juste à temps, il fut propulsé dans la cuisine et glissé dans la chaise haute.

Tamisée par les arbres du jardin, la lumière du soleil de fin d'après-midi baignait la pièce et projetait sur les murs des ombres virevoltantes d'une telle beauté que Peter en oublia tout le reste.

Il pointa le doigt et cria « Aaag ! »

Tante Laura fredonnait à voix basse en attachant le bavoir autour de son cou. Enfin, au moins pour l'instant, il ne risquait plus de tomber par terre. Il était en mesure de l'informer qu'il était la victime d'un cruel tour de magie. Il énonça donc de sa voix la plus raisonnable :

– Gueu gueu beu.

Et il en aurait dit bien davantage si sa bouche n'avait été soudain obstruée par une cuillerée d'œuf à la coque. Le goût et l'odeur, la couleur, la texture et la sonorité liquide de l'œuf subjugèrent ses sens et dispersèrent ses pensées. Le jaune d'œuf explosa dans sa bouche et une cascade blanche et jaune jaillit en flèche dans son cerveau. Son corps tout entier tituba sous l'effort qu'il fit pour pointer le doigt vers le bol que tenait Laura. Il lui en fallait absolument encore et beaucoup plus.

– Gueu ! s'écria-t-il, la bouche pleine, avec un balaiement du bras. Gueu, gueueueu, gueueu !

– Oui je sais, répondit sa tante d'un ton apaisant. Tu aimes bien l'œuf.

Peter ne put penser à rien d'autre jusqu'à ce que l'œuf soit terminé. Puis, avant même qu'il ne puisse se rappeler de quoi il voulait parler, un verre à bec rempli de jus d'orange vint le distraire avec cette pétillante et chatouilleuse saveur piquante. Ensuite, de la banane écrasée emplit peu à peu sa bouche. Ce qu'on lui donnait à manger était tellement bon qu'il était fier d'en avoir dans les cheveux, sur les mains, le visage et la poitrine.

Finalement, il s'affala contre l'appui latéral de sa chaise. Il était tellement repu qu'il pouvait à peine battre des paupières. Mais il savait qu'il devait parler. Cette fois-ci il procéda lentement, pressant le bout de sa langue contre son unique dent.

– Tante Laura, énonça-t-il patiemment. En fait, je ne suis pas ton bébé, je suis Peter, et c'est Kate…

– Oui, répondit Laura. Areuh areuh… Tu as tout à fait raison ! Regarde dans quel état tu es. Couvert d'œuf et de banane de la tête aux pieds. Au bain !

Et voilà Peter dans les bras de tante Laura survolant l'escalier. Sur le palier, ils passèrent comme l'éclair devant Kate.

– Ouaaah, lui cria-t-il. Ouaaah, ouaaah !

– Gouzi gouzi ! répliqua-t-elle, baguette magique en main.

Quelques minutes plus tard, il était assis dans un bain de la grandeur d'une petite piscine, le torse caressé par de petites vaguelettes d'eau chaude. Il savait qu'il devait parler à sa tante mais, pour l'instant, il était plus intéressant de tapoter la surface de l'eau avec la paume de ses mains. Chaque éclaboussure était à la fois singulière et complexe, formant des gerbes de gouttelettes qui se séparaient les unes des autres en l'air et retombaient en cascade, dessinant des ondulations et des ridules. C'était si extraordinaire, si désopilant !

– Super, regarde un peu ça, se surprit-il en train de crier. Euu, gueu, beu !

Il était tellement excité que ses bras et ses jambes se raidirent en l'air et il culbuta en arrière. Tante Laura le rattrapa avec douceur en plaçant sa main en coupe sous sa nuque.

Le choc lui ayant fait retrouver ses esprits, Peter se souvint qu'il fallait lui faire comprendre qui il était.

– Aouaba... commença-t-il à dire mais, soudain, il fut propulsé hors de l'eau, comme un missile de sous-marin, et atterrit dans une serviette blanche de la taille du jardin derrière la maison.

Il fut séché, talqué, emmailloté dans une couche, boutonné dans un pyjama, emporté dans la chambre à coucher et déposé dans le petit lit de Kenneth. Tante Laura lui chanta une chanson mélodieuse, très intéressante, à propos d'un mouton noir qui gardait certains sacs de laine pour des gens qu'il connaissait bien.

– Encore ! cria-t-il, Gaga !

Et elle chanta de nouveau. Puis elle l'embrassa, rehaussa le panneau latéral du lit et sortit silencieusement de la chambre.

Peter aurait pu être saisi de panique, mais la berceuse l'avait plongé dans un état de béatitude et de somnolence. Le soleil de fin d'après-midi jouait à travers les rideaux fermés qui frémissaient mystérieusement. Les oiseaux trillaient leurs incroyables mélodies. Il écoutait de toutes ses oreilles. Qu'allait-il faire ? Que se passerait-il si Laura partait chez elle et l'emmenait avec elle ? Il tenta de s'asseoir pour réfléchir, mais il était trop fatigué pour décoller son énorme tête du matelas.

Il entendit la porte s'ouvrir et un bruit de pas traversant la chambre. Le visage de Kate apparut entre les barreaux. Un petit sourire narquois dansait sur ses lèvres :

– Kate, souffla-t-il. Sors-moi de là. Va chercher la baguette magique.

Elle secoua la tête.

– C'est bien fait pour toi.

– Il faut que je fasse mes devoirs, plaida Peter.

– Kenneth est en train de les faire pour toi.

– Il va faire plein de fautes. S'il te plaît, Kate. Je te donnerai toutes mes billes. Tout ce que tu veux.

Elle sourit.

– Tu es bien plus mignon comme ça.

Elle passa ses mains entre les barreaux du lit et lui chatouilla le ventre. Il essaya de ne pas rire, mais c'était impossible.

– Fais un bon dodo, gros bébé, chuchota-t-elle et, une seconde plus tard, elle avait disparu.

Le lendemain matin, abruti par une nuit de sommeil qui semblait avoir duré six mois, Peter fut amené à la cuisine. Du sommet de sa chaise haute, il promena un regard voilé de sommeil sur les membres de la famille.

Ils lui firent signe de la main et entonnèrent joyeusement :

– Bonjour Kenneth.

– Kakoua, croassa-il en réponse. Kakoua di. Je ne suis pas Kenneth. Je suis Peter.

Tout le monde sembla satisfait de sa réponse. C'est à ce moment-là qu'il prit conscience du garçon assis en bout de table. Kenneth, dans le corps de Peter et dans

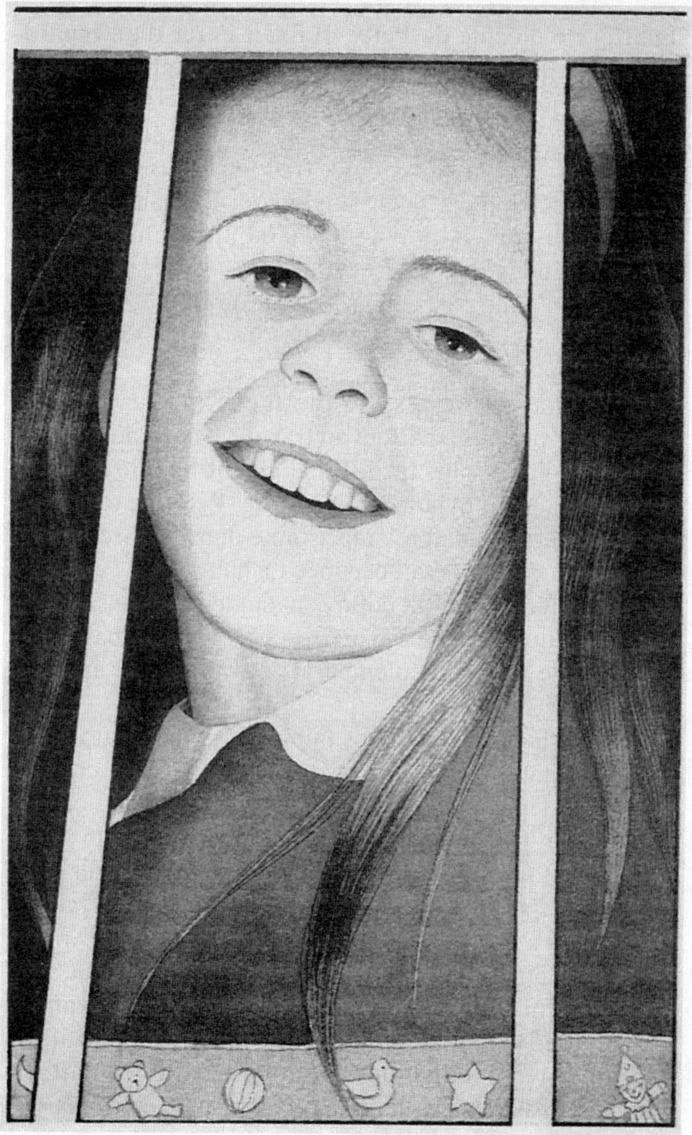

l'uniforme d'école de Peter. Il fixait Peter d'un regard chargé de tant de haine et de dégoût que l'air vibrait de sombres ondulations.

Le garçon détourna le regard. Il repoussa son assiette, se leva et quitta la pièce. Peter frissonna sous le coup de ce rejet glacial. Il éclata en sanglots sur-le-champ.

– Oh qué qu'y a qui va pas ? s'inquiétèrent diverses personnes dans la pièce.

– Il ne m'aime pas, essaya de leur dire Peter à travers ses sanglots, et ça me fait un effet horrible. Aaa ouaba gama ouaa !

On sécha ses larmes, Kenneth et Kate partirent à l'école, ses parents partirent au travail en coup de vent et, une demi-heure plus tard, fraîchement habillé pour la journée dans un pyjama tout propre, Peter se retrouva assis par terre au salon, emprisonné dans le parc à jeux pendant que Laura était occupée en haut.

Maintenant il pouvait enfin échafauder ses plans d'évasion. Quelque part dans la maison se trouvait la baguette magique de Kate. Si seulement il pouvait l'agiter au-dessus de sa tête.

S'accrochant de ses mains faibles et potelées aux barreaux du parc à jeux, il réussit à se mettre debout. Les barreaux dépassaient encore sa tête de quelques centimètres. Il n'y avait aucun appui sur lequel poser le pied, et il n'avait pas suffisamment de force pour se hisser par-dessus. Il s'assit. Il faudrait qu'on le soulève. Il fallait faire appel à Laura.

Il s'apprêtait à crier pour qu'elle descende lorsque son attention fut distraite par un cube jaune vif à proximité de son pied. « Jaune, jaune, jaune », chantonnait-il. Il vibrait, il resplendissait, il fredonnait. Il le voulait. Il plongea en avant et sa main se referma sur le cube, mais il ne pouvait pas vraiment le ressentir, en tous cas pas assez. Il le porta à sa bouche et, aidé par la sensibilité de ses lèvres, gencives et dents, il en explora la forme et le goût boisé, peinturé et jaunifié jusqu'à ce qu'il l'ait totalement identifié.

Puis il aperçut un marteau de plastique rouge, si rouge qu'il pouvait sentir l'ardeur de sa couleur sur son visage. Avec sa bouche, sa langue et sa salive, il voyagea tout autour de ses arêtes, de ses angles et de ses replis.

C'est ainsi que tante Laura le retrouva dix minutes plus tard, mâchonnant placidement la patte d'un kangourou en caoutchouc.

La journée s'écoula en une séquence floue de jeux, de repas et de sieste. De temps à autre, Peter se souvenait qu'il devrait être à la recherche de la baguette magique, mais ses pensées étaient une fois de plus absorbées par le goût absolument épatant d'un aliment si délicieux qu'il aurait voulu y plonger son corps tout entier, ou bien son esprit était captivé par des chansons aux histoires étranges qui réclamaient toute son attention – une femme qui vivait dans un soulier, une vache qui sautait par-dessus la lune, un chat dans un puits – ou encore il apercevait autre chose qu'il devait à tout prix mettre dans sa bouche.

En fin d'après-midi, après sa sieste, tante Laura le descendit et le posa par terre, en dehors du parc à jeux cette fois-ci. Rafraîchi par le somme, Peter décida de se remettre à l'ouvrage. La baguette magique se trouvait probablement dans la cuisine. Il s'acheminait à quatre pattes vers la porte lorsqu'il aperçut sur sa gauche deux pieds dans des chaussures qui lui étaient familières : ses chaussures à lui. Son regard remonta des jambes au visage du garçon assis dans le fauteuil. Celui-ci fronçait les sourcils.

Cette fois, Peter maîtrisa sa peur. Il savait qu'il n'y avait qu'une seule façon de s'y prendre. Il rampa jusqu'aux jambes, se hissa debout et, encore tout essoufflé par l'effort qu'il avait fourni, il s'adressa directement à Kenneth.

– Écoute une minute. Il faut que tu cesses de me regarder comme ça. Tu n'as aucune raison de me détester. Je n'ai rien de bizarre. Je suis plutôt sympa en fait…

Au moment où il prononçait ces mots, la pièce commença à resplendir, puis à basculer et à se rétrécir. Tout à coup, Peter se retrouva dans le fauteuil, avec bébé Kenneth debout entre ses genoux, en train d'essayer de lui dire quelque chose.

Peter prit le bébé et l'assit sur ses genoux. Kenneth étendit prudemment la main et pressa le bout du nez de Peter.

– Bip ! fit Peter à haute voix.

Le bébé retira brusquement sa main, un éclair de frayeur passa sur son visage, qui fit vite place à un sourire, puis à un éclat de rire. Si Peter avait raconté la plaisanterie la plus astucieuse, la plus drôle, la plus idiote du monde, elle n'aurait pu faire rire personne autant que Kenneth à cet instant.

Peter haussa le regard par-dessus la tête du bébé en direction de Kate assise de l'autre côté de la pièce.

– Je ne le trouve pas vraiment monstrueux. En fait je l'aime bien, tu sais.

Kate ne dit pas un mot. Elle n'en croyait rien.

– En fait, continua Peter, je le trouve plutôt superchouette.

– Hmm, dit Kate.

Elle posa sa baguette magique.

– Si tu pensais vraiment ça, tu m'accompagnerais pour le promener au parc dans son landau.

C'était là, selon elle, un défi qu'il ne relèverait pas.

– D'accord ! annonça Peter, au grand étonnement de sa sœur.

Et, tenant toujours le bébé dans ses bras, il se leva.

– Allons-y. Il y aura tout un tas de choses qui le fascineront.

Kate se leva elle aussi.

– Peter, quelle mouche t'a piqué ?

Mais son frère ne l'entendit pas. Pendant qu'il emmenait Kenneth vers le hall d'entrée, il entonnait à tue-tête.

– Bê bê mouton noir, as-tu de la laine…

## Les grands

Tous les ans, au mois d'août, la famille Fortune louait une petite maison de pêcheurs sur la côte de Cornouailles. Quiconque connaissant cet endroit aurait convenu que c'était une sorte de paradis terrestre. La porte de la maison s'ouvrait sur un verger. Au-delà courait un petit ruisseau, à peine plus grand qu'une rigole, mais très pratique pour y construire des barrages. Plus loin, derrière un fourré, serpentait une voie ferrée désaffectée qui transportait autrefois le minerai en provenance d'une mine d'étain locale. A cinq ou six cents mètres de là se trouvait un tunnel, obturé par des panneaux de bois, dans lequel les enfants avaient l'interdiction de s'aventurer. Au dos de la maison, un jardin embroussaillé donnait directement sur une large baie en forme de fer à cheval, bordée de sable fin et doré. A une extrémité de la baie s'ouvraient des grottes juste assez profondes et sombres pour donner des frissons dans le dos. A marée basse, des flaques d'eau de mer apparaissaient ici et là. Dans le parc de stationnement derrière la baie, une petite camionnette vendait des glaces de la fin de la matinée au coucher du soleil. Une demi-douzaine de petites maisons s'échelonnaient autour de la baie ; les

Fortune avaient fait connaissance des autres familles qui venaient y séjourner en été et ils avaient sympathisé. Plus d'une douzaine d'enfants âgés de deux à quatorze ans formaient une bande disparate de camarades de jeux. Ils se surnommaient, du moins entre eux, le Gang de la Plage.

Les soirées étaient de loin le meilleur moment de la journée, lorsque le soleil disparaissait dans l'Atlantique et que les familles se réunissaient dans l'un des jardins autour d'un barbecue. Une fois le dîner terminé, les adultes se délectaient à boire leur verre en se racontant d'interminables histoires et ils oubliaient de mettre les enfants au lit. C'est alors que le Gang de la Plage se dispersait dans la quiétude crépusculaire et partait hanter ses coins favoris. A ce moment de la soirée, l'obscurité les enveloppait de mystère et d'ombres étranges, rafraîchissait le sable sous leurs pieds et conférait à leurs allées et venues l'illusion délicieuse que ces instants de jeu étaient des cadeaux magiques. L'heure du coucher était passée depuis longtemps et les enfants savaient que, tôt ou tard, les conversations des grands s'éteindraient et que l'air nocturne s'emplirait des échos de leurs noms : « Charlie ! Harriet ! Toby ! Kate ! Peter ! »

Parfois, lorsque les enfants étaient à l'autre bout de la plage et qu'ils n'entendaient pas leurs parents les appeler, ceux-ci leur envoyaient Gwendoline. C'était la grande sœur de trois des membres du Gang de la Plage. La maison que sa famille louait n'était pas suffisamment spacieuse pour la loger et elle habitait chez les Fortune. Sa chambre était adjacente à celle de Peter. C'était une grande personne – certains disaient même qu'elle avait dix-neuf ans – et elle passait son temps avec les adultes, mais elle ne se joignait pas à leurs conversations. Elle était étudiante en médecine et préparait un examen important. Elle occupait beaucoup l'esprit de Peter, bien qu'il ne sût guère pourquoi. Elle avait des yeux verts et des cheveux si roux qu'on aurait presque pu les dire orangés. Il lui arrivait parfois de fixer longuement Peter, mais il était rare qu'elle lui parlât.

Lorsqu'elle venait chercher les enfants, elle déambulait lentement à travers la plage, pieds nus, en short effiloché, et ne levait les yeux qu'une fois parmi eux. Elle parlait d'une voix douce, triste et mélodieuse.

– Allez vous autres. Au lit !

Et, sans attendre leurs protestations, elle s'en retournait en soulevant le sable de ses pieds. Était-elle triste parce qu'elle était adulte et que cela ne lui plaisait guère ? Difficile de savoir.

C'est durant l'été cornouaillais de sa douzième année que Peter commença à remarquer à quel point le monde des enfants et celui des parents étaient différents. On ne pouvait pas vraiment dire que les parents ne s'amusaient jamais. Ils allaient se baigner, mais jamais plus d'une vingtaine de minutes. Ils aimaient bien faire une partie de volley-ball, mais seulement pendant une petite demi-heure. De temps à autre, on arrivait à les persuader de jouer à cache-cache ou à colin-maillard, ou de bâtir un gigantesque château de sable, mais c'étaient des moments privilégiés. Le fait est que tous les adultes, si on les laisse faire, choisissent de se laisser sombrer dans l'une de leurs trois activités balnéaires : être assis à bavarder, lire des livres ou des journaux, ou faire un petit somme. Leur seul exercice (si on pouvait appeler cela un exercice) consistait à faire de longues promenades ennuyeuses qui étaient prétexte à davantage de bavardages. Sur la plage, ils consultaient sans cesse leur montre et, bien avant que quiconque n'ait faim, ils commençaient à se dire qu'il était temps de penser au déjeuner ou au dîner.

Ils s'inventaient des activités : aller rendre visite à l'homme à tout faire qui habitait à près d'un kilomètre de là, ou aller au garage du village, ou faire des commissions à la ville voisine. Ils revenaient en se plaignant de la circulation vacancière mais, bien entendu, c'est eux qui la provoquaient. Ces adultes en perpétuelle agitation fréquentaient assidûment la cabine téléphonique au bout du sentier pour appeler des membres de leur famille, ou leur bureau, ou leurs enfants aînés. Peter remarquait que la plupart des adultes ne pouvaient pas commencer la journée de bonne humeur tant qu'ils n'étaient pas allés chercher un journal, le bon journal, en voiture. D'autres ne pouvaient pas passer une journée sans cigarettes. A d'autres, il fallait de la bière. D'autres encore ne pouvaient pas se passer de café. Certains ne pouvaient pas lire le journal sans fumer une cigarette et boire du café. Les adultes passaient leur temps à claquer des doigts et à faire la grimace parce que quelqu'un était rentré de la ville en oubliant quelque chose ; il y avait toujours quelque chose qui manquait, et on se promettait d'y aller le lendemain – une autre chaise pliante, du shampooing, de l'ail, des lunettes de soleil, des épingles à linge – comme si on ne pouvait pas profiter des vacances, comme si les vacances ne pouvaient même pas commencer tant que tous ces articles inutiles n'étaient pas réunis. Gwendoline, elle, était différente ; elle passait simplement la journée assise à lire dans un fauteuil.

Peter et ses amis, en revanche, ne savaient jamais quel était le jour de la semaine ou encore l'heure de la journée. Ils surgissaient de-ci de-là sur la plage, se pourchassant, se cachant, inventant des jeux de pirates ou de créatures extra-terrestres, organisant des batailles rangées et des invasions de territoire. Ils construisaient des remblais, des canaux, des parterres de sable et un zoo aquatique qu'ils peuplaient de petits crabes et de crevettes. Peter et les aînés des enfants imaginaient des histoires qu'ils disaient être vraies afin de terrifier les petits : des monstres marins armés de tentacules surgissaient des vagues et s'emparaient des enfants par les chevilles pour les entraîner au fond des eaux. Ou encore le vagabond aux cheveux d'algues qui vivait dans une grotte métamorphosait les enfants en homards. Peter se donnait à ces histoires avec tant d'ardeur qu'il finit par craindre d'entrer seul dans la grotte, et qu'il frémissait lorsqu'une algue lui effleurait le pied pendant qu'il nageait.

Il arrivait que les membres du Gang de la Plage s'aventurent à l'intérieur des terres, dans le verger, où ils dressaient un campement. Ou bien ils vagabondaient le long des rails désaffectés qui menaient au tunnel défendu. Il y avait un écart entre les planches clouées et ils se mettaient au défi les uns les autres de s'y faufiler et de pénétrer l'obscurité qui régnait au-delà. L'eau ruisselait avec un sinistre écho caverneux – un flic floc de gouttes d'eau tombant dans l'eau. On entendait de petits bruits précipités qu'ils imaginaient être des rats en débandade, et une brise humide, froide et sentant la suie soufflait toujours dans le tunnel. Selon l'une des grandes, c'était l'haleine d'une sorcière. Personne ne la croyait mais personne n'osait s'aventurer plus loin que deux ou trois pas.

Ces journées estivales commençaient tôt et finissaient tard. Parfois, en se couchant, Peter essayait de se souvenir de la façon dont la journée avait commencé. Les événements de la matinée semblaient avoir eu lieu des semaines auparavant. Il y avait des soirs où il s'endormait en plein effort pour se remémorer le début de la journée.

Un soir, après dîner, Peter commença à se chamailler avec Henri, l'un des enfants. Une barre de chocolat était à l'origine de la dispute qui dégénéra bientôt en un concours d'injures. Pour une raison quelconque, tous les autres enfants, à l'exception de Kate bien entendu, se rangèrent du côté d'Henri. Peter jeta la barre de chocolat dans le sable et partit tout seul. Kate rentra à la maison chercher un pansement pour une coupure qu'elle avait au pied. Les autres membres du groupe s'en allèrent flâner le long du rivage. Peter se retourna et les regarda s'éloigner. Il les entendit rire. Ils étaient peut-être en train de parler de lui... Le groupe s'éloignait dans le crépuscule. Il devint impossible de les distinguer les uns des autres et il n'apercevait plus qu'une tache se mouvant et s'étirant de-ci de-là. Il y avait gros à parier qu'ils l'avaient oublié et étaient absorbés dans quelque nouveau jeu.

Peter continua à tourner le dos à la mer. Une brise fraîche le fit soudain frissonner. Il regarda en direction des maisons. Il pouvait tout juste percevoir le murmure grave des conversations d'adultes, le bruit d'une bouteille que l'on débouche, l'arpège perlé d'un rire de femme, de sa mère peut-être. Debout, par cette soirée du mois d'août, entre les deux groupes, avec la mer qui venait lécher ses pieds, Peter comprit soudain une chose évidente et terrible : un jour, il quitterait le groupe qui vagabondait le long de la plage pour se joindre au groupe qui bavardait, assis. C'était quelque chose de difficilement concevable, mais il savait que c'était vrai. Il serait intéressé par d'autres choses, le travail, l'argent et les impôts, les carnets de chèque, les clefs ; il aimerait le café et parler, rester assis, rester assis à longueur de journée.

Toutes ces idées lui occupaient encore l'esprit lorsqu'il alla se coucher. Et ce n'étaient guère de joyeuses pensées. Comment être heureux à l'idée d'une vie passée à rester assis et à bavarder ? Ou encore à faire des courses et à aller travailler ? Et à ne jamais jouer, à ne jamais s'amuser vraiment ? Un jour, il serait quelqu'un d'entièrement différent. Le changement aurait lieu si insensiblement qu'il ne s'en rendrait même pas compte, et lorsqu'il en prendrait conscience, le petit être de onze ans qu'il était, radieux et espiègle, serait aussi distant, étrange et difficile à comprendre que les adultes lui paraissaient être. Il s'endormit, bercé par ces tristes réflexions.

Le lendemain matin, Peter Fortune se réveilla après une nuit d'un sommeil agité et se retrouva transformé en un individu gigantesque, en adulte. Il essaya de remuer les bras et les jambes, mais ils étaient lourds et lui demandaient un trop grand effort de si bon matin. Il resta donc allongé, à écouter le chant des oiseaux à sa fenêtre et à regarder autour de lui. Sa chambre était pratiquement inchangée, quoiqu'elle paraisse bien plus petite. Il avait la bouche sèche, mal à la tête et il se sentait un peu étourdi. Un simple battement de paupières était douloureux. Il réalisa qu'il avait bu trop de vin la veille au soir. Et peut-être avait-il trop mangé aussi, car il avait mal à l'estomac. Et il avait trop parlé, car il avait mal à la gorge.

Il laissa échapper un petit grognement et roula sur le dos. Faisant un effort considérable, il réussit à lever un bras et à rapprocher une main de son visage pour se frotter les yeux. Il avait la peau de la mâchoire rugueuse au toucher, comme du papier de verre. Il allait devoir se lever et se raser avant de pouvoir faire quoi que ce soit d'autre. Et puis il fallait qu'il se dépêche, parce qu'il y avait tout un tas d'activités qui l'attendaient, des courses à faire, des choses à réparer. Mais, avant même qu'il n'ait bougé, il fut surpris par l'aspect de sa main. Elle était recouverte de petites volutes de poils noirs ! Il regarda fixement cet objet énorme frangé de doigts de la taille de saucisses et se mit à rire. Même les jointures étaient ébouriffées de poils noirs. Plus il la contemplait, plus il trouvait qu'elle ressemblait à une brosse de nettoyage de cabinet, surtout lorsqu'il fermait le poing.

Il se redressa et s'assit sur le rebord du lit. Il était nu. Son corps était dur, osseux et couvert de poils, avec de nouveaux muscles dans ses bras et dans ses jambes. Lorsqu'il parvint finalement à se mettre debout, il faillit se briser le crâne contre l'une des poutres basses de sa mansarde.

– C'est ridic… commença-t-il à dire.

Mais il sursauta en entendant le son de sa voix, à mi-chemin entre celui d'une tondeuse de jardin et d'une corne de brume. « J'ai besoin de me brosser les dents et de me gargariser la gorge », se dit-il. Les lattes de plancher craquèrent sous son poids lorsqu'il traversa la chambre en direction du lavabo. Les articulations de ses genoux semblaient plus épaisses, moins souples. Une fois parvenu au lavabo, il dut s'y agripper pendant qu'il soumettait son visage à un examen minutieux dans la glace. Une espèce de singe lui rendit son regard, le visage couvert de poils noirs.

Il découvrit qu'il savait exactement de quelle façon procéder pour se raser. Il avait observé son père assez souvent pour cela. Lorsqu'il eut fini, le visage évoquait une plus grande ressemblance avec le sien. En fait, ce nouveau visage était même plus agréable, moins rond que son visage de onze ans, avec une mâchoire fièrement dessinée et un regard audacieux. « Assez beau », pensa-t-il.

Il enfila les vêtements qui se trouvaient sur une chaise et descendit. « Tout le monde va avoir un choc, se dit-il, lorsqu'ils vont voir que j'ai pris dix années de plus et trente centimètres de hauteur pendant la nuit. » Mais des trois adultes avachis autour de la table du petit déjeuner, seule Gwendoline le regarda, et un éclair traversa ses yeux verts ; elle détourna immédiatement son regard. Ses parents se bornèrent à marmonner un petit « ...jour » sans s'arrêter de lire le journal. Peter avait une sensation étrange dans le ventre. Il se versa du café, prit le journal plié près de son assiette et en parcourut la première page. Une grève, un scandale à propos de fusils et une rencontre au sommet des dirigeants de plusieurs pays importants. Il fut surpris de voir qu'il connaissait le nom de tous les présidents et de tous les ministres, leur histoire et leurs objectifs. Il avait toujours cette drôle de sensation dans le ventre. Il but son café à petites gorgées. Cela avait un goût abominable, comme si on avait écrasé du carton brûlé qu'on aurait fait bouillir dans de l'eau de baignoire. Il continua néanmoins à le boire ne voulant pas que quiconque soupçonne qu'il avait, en réalité, onze ans.

Peter finit son toast et se leva. Il apercevait par la fenêtre le Gang de la Plage courant le long du rivage en direction de la grotte. Quel gâchis d'énergie de si bon matin !

– Je vais téléphoner au bureau, annonça-t-il à la ronde d'un air important, et ensuite j'irai faire une petite balade.

Qu'y avait-il au monde de plus ennuyeux et de plus adulte qu'une balade ? Son père grommela vaguement. Sa mère dit :

– Parfait !

Et Gwendoline continua à fixer intensément son assiette.

Dans le vestibule, il appela son assistant de laboratoire à Londres. Tout inventeur se devait d'avoir au moins un assistant.

– Comment se porte la machine antigravité ? demanda Peter. Avez-vous reçu mes derniers plans ?

– Vos esquisses ont tout clarifié, répondit l'assistant. Nous avons effectué les changements que vous avez suggérés et, ensuite, on a mis la machine en marche pendant cinq secondes. Tout a commencé à flotter dans la pièce, exactement comme vous l'aviez prévu. Avant de faire un nouvel essai, il va falloir qu'on visse les tables et les chaises au sol.

– Je ne veux pas que vous fassiez de nouvel essai avant mon retour de vacances, dit Peter. Je veux voir ça moi-même. Je reprendrai la route ce week-end.

Une fois son coup de fil terminé, il sortit dans le verger et se tint près du petit ruisseau. La journée était splendide. L'eau ruisselait avec un bruissement délicieux sous la petite passerelle en bois, et son invention le remplissait d'excitation. Mais, pour une raison quelconque, il n'avait pas envie de s'éloigner de la maison. Il entendit un bruit derrière lui et se retourna. Gwendoline se tenait sur le perron et le regardait. Peter sentit de nouveau son ventre se nouer. Il eut l'impression de tomber, que quelque chose de froid se distillait dans son corps, il avait les genoux un peu tremblants. Gwendoline s'accouda sur le rebord de la vieille citerne d'eau qui se dressait près de la porte d'entrée. Le soleil matinal, dentelé par les feuilles des pommiers dansait autour de ses épaules et dans ses cheveux. Depuis vingt et une années, Peter n'avait jamais rien vu d'aussi, eh bien, d'aussi parfait, d'aussi ravissant, d'aussi éclatant, d'aussi beau… aucun mot ne pouvait décrire ce qu'il voyait. Ses yeux verts étaient rivés aux siens.

– Alors, tu vas faire une balade, dit-elle, désinvolte.

Peter avait l'impression d'être incapable de proférer un son. Il se racla la gorge.

– Oui. Tu veux venir ?

Ils descendirent à travers le verger en direction du sentier de cendres qui longeait l'ancienne voie ferrée surélevée. Il ne parlèrent de rien en particulier – des vacances, du temps, d'anecdotes glanées dans les journaux –, de n'importe quoi pour éviter de parler d'eux. Tout en marchant, elle glissa sa main douce et fraîche dans la sienne. Peter crut sérieusement qu'il allait se mettre à flotter au-dessus de la cime des arbres. Il avait entendu parler de garçons et de filles, d'hommes et de femmes tombant amoureux et perdant la tête, mais il avait toujours cru qu'on y attachait trop d'importance. Après tout, jusqu'à quel point peut-on réellement aimer quelqu'un ? Dans les films il y avait toujours ces passages dans lesquels le héros et l'héroïne faisaient une petite pause sentimentale, les yeux perdus dans les yeux de l'autre, et s'embrassaient. Ces moments-là lui avaient toujours semblés ridicules, sans intérêt, une perte de temps qui ne servait à rien d'autre qu'à interrompre perpétuellement l'histoire. Et le voilà lui-même, maintenant, qui fondait au moindre effleurement de la main de Gwendoline. Il avait envie de crier, de rugir de joie.

Ils parvinrent au tunnel et, sans même se consulter, ils se faufilèrent entre les planches et s'enfoncèrent dans la fraîche obscurité et l'odeur de suie. Ils avancèrent en s'agrippant l'un à l'autre, et rirent en pateaugeant dans les flaques d'eau. Le tunnel n'était pas très long. Ils apercevaient déjà l'autre extrémité, étincelante comme une étoile. A mi-chemin, ils s'arrêtèrent. Ils se tenaient l'un contre l'autre. Leurs bras et leurs visages étaient encore tièdes de la chaleur du soleil. C'est dans un bruit de fond, dû aux mouvements furtifs des animaux et au flic floc de gouttes tombant dans les flaques d'eau, qu'ils s'embrassèrent. Peter savait que, durant toutes les années d'une enfance heureuse, et même dans ses meilleurs moments, comme les soirs d'été passés à jouer avec le Gang de la Plage, il n'avait jamais rien connu de plus palpitant, de plus étrange que d'embrasser Gwendoline dans le tunnel.

Comme ils se remettaient en marche vers la lumière, elle lui raconta qu'un jour elle serait médecin, une femme de science qui se consacrerait à la recherche de nouveaux remèdes pour les maladies mortelles. Ils débouchèrent dans le soleil, clignant des yeux, et trouvèrent un endroit sous les arbres où s'ouvraient des fleurs bleues au bout de tiges souples et minces. Ils étaient allongés dans l'herbe haute, côte à côte, sur le dos, les yeux clos, entourés du murmure des insectes. Il lui parla de son invention, la machine antigravité. Bientôt, ils pourraient partir ensemble, ils monteraient dans sa petite décapotable de sport verte et rouleraient vers Londres le long des petites routes étroites de Cornouailles et du Devon. En chemin, ils s'arrêteraient dans un restaurant et commanderaient de la mousse au chocolat, des glaces et des litres et des litres de limonade. Ils arriveraient devant l'immeuble à minuit. Ils monteraient en ascenseur. Il ouvrirait le laboratoire fermé à clef et lui montrerait la machine avec ses cadrans et ses lumières doucement lumineuses. Il appuierait sur le bouton et ils virevolteraient doucement en l'air avec les tables et les chaises…

Il avait dû s'endormir dans l'herbe en lui racontant tout cela. « Voiture de sport, se disait-il à travers sa somnolence, mousse au chocolat, minuit, rester debout aussi tard que j'en ai envie, et Gwendoline… » C'est à ce moment-là qu'il réalisa que ce n'était pas le ciel qu'il regardait, mais le pla-

fond de sa chambre. Il descendit de son lit et s'approcha de la fenêtre qui donnait sur la plage. Il aperçut le Gang dans le lointain. La marée était basse, les flaques de mer attendaient. Il enfila un short et un T-shirt et descendit à la hâte. Il était tard, tout le monde avait fini de prendre le petit déjeuner depuis longtemps. Il avala un verre de jus d'orange, prit un petit pain et se précipita vers la plage en traversant le petit jardin derrière la maison. Le sable était déjà chaud sous ses pieds, et ses parents et leurs amis étaient déjà installés sur des chaises pliantes sous les parasols, livres en main.

Sa mère lui fit signe de la main.

– Tu as fait un bon somme, toi. Tu en avais bien besoin.

Ses amis l'avaient aperçu et l'appelaient :

– Peter, Peter, viens voir !

Excité, il se mit à courir dans leur direction et il devait être à mi-chemin lorsqu'il s'arrêta et se retourna pour jeter un dernier regard aux grands. Il y avait des choses immenses qu'il avait à peine commencé à appréhender. Gwendoline était assise à l'écart avec ses livres et ses papiers. Elle l'aperçut et leva la main. Était-elle simplement en train d'ajuster ses lunettes de soleil ou était-ce un signe ? Il ne le saurait jamais. Il se tourna vers l'océan qui scintillait à l'infini et s'étendait devant lui, vaste, inconnu et passionnant, comme l'était l'avenir. Il entendit de nouveau quelqu'un crier son nom. Sa sœur Kate dansait et bondissait sur le sable mouillé.

– On a découvert un trésor, Peter. Un trésor !

– J'arrive, cria-t-il, j'arrive ! et il s'élança vers le bord de l'eau.

Il se sentait agile et si léger tandis que ses pieds effleuraient le sable. « Mais je m'envole ! » se dit-il. Était-il en train de rêver ? Ou volait-il ?

## IAN McEWAN
## L'AUTEUR

**OÙ ÊTES-VOUS NÉ ?**
I. McEWAN Je suis né en 1948 à Aldershot, dans le sud de l'Angleterre. Cependant, j'ai passé une grande partie de mon enfance en Extrême-Orient et en Afrique du Nord, car mon père était militaire et nous le suivions dans ses déplacements.

**OÙ VIVEZ-VOUS MAINTENANT ?**
I. McEWAN Je vis à Oxford. Dans notre grande maison, j'ai aménagé deux pièces pour travailler : mon bureau et une bibliothèque attenante. Lorsque j'écris, je ne ferme jamais la porte de mon bureau ; je ne suis pas le genre d'écrivain qui refuse absolument d'être dérangé et mes deux enfants, William et Gregory, viennent me voir quand ils en ont envie.

**ÉCRIVEZ-VOUS CHAQUE JOUR ?**
I. McEWAN J'écris tous les matins. Comme tous les écrivains, j'ai du mal à me mettre au travail… Café et biscuits au chocolat me servent de carburant. Sans eux, je n'y arriverais pas.

**ÊTES-VOUS UN AUTEUR À TEMPS COMPLET ?**
I. McEWAN Je suis un auteur « à plein temps ». Mais, être auteur, cela ne signifie pas seulement faire ce qu'en principe on sait le mieux faire, c'est-à-dire écrire, c'est aussi avoir toutes sortes d'autres activités : lire beaucoup, répondre à des interviews, participer à des débats, des émissions de radio, donner des cours et des conférences… Ce n'est pas toujours un métier aussi solitaire que ça.

VOUS A-T-IL FALLU BEAUCOUP DE TEMPS POUR ÉCRIRE CE LIVRE ?

I. McEWAN Relativement. J'écrivais parallèlement un roman pour adultes et puis je travaillais à l'adaptation cinématographique d'un autre de mes livres, *L'innocent*. J'ai écrit *Le rêveur* chapitre par chapitre, avant tout pour avoir une histoire à lire chaque soir à mes enfants. Ils ont été mon premier public, mes premiers critiques, et j'ai tenu compte de leur opinion et de leurs suggestions.

QU'EST-CE QUI VOUS A INSPIRÉ CE LIVRE ?

I. McEWAN Il y a un peu de moi dans le personnage de Peter Fortune ; enfant, j'étais un rêvasseur incorrigible. Mais Peter est aussi inspiré de mes fils, qui sont tous les deux des rêveurs, William tout particulièrement. Je suis, quant à moi, demeuré un rêveur impénitent. Lorsque j'attends un bus, un train, ou une idée pour ma page blanche, parfois même quand je suis en train de parler avec quelqu'un, mon imagination me transporte complètement ailleurs en un quart de seconde. Je ne suis là qu'en apparence. Je crois que la différence entre un écrivain et les autres rêveurs, est que l'écrivain écrit ses rêveries, il s'en souvient, il s'en sert. Les rêveries des autres sont souvent oubliées et perdues. Celles d'un écrivain nourrissent sa créativité.

EST-CE VOTRE PREMIER ROMAN ? EN AVEZ-VOUS ÉCRIT BEAUCOUP ?

I. McEWAN J'ai écrit plusieurs romans pour adultes et *Le rêveur* est mon premier livre pour enfants. En fait, il s'adresse également aux adultes qui peuvent le lire à hautc voix à des enfants et le partager de cette façon. Je pense que le sujet est aussi intéressant pour les uns que pour les autres : c'est un livre qui parle de l'imagination, qui montre que rêver, rêvasser même, est une activité très importante, qu'un rêveur a toutes les chances de devenir… un inventeur, un explorateur, un découvreur… un écrivain. C'est un livre qui montre que la réalité quotidienne dépasse l'apparence.

QUEL CONSEIL DONNERIEZ-VOUS À UN ÉCRIVAIN DÉBUTANT ?

I. MCEWAN Je conseillerais à un écrivain en herbe de tenir un carnet et d'y noter chaque jour quelque chose. Deux sortes de choses : ce qui lui est arrivé dans la réalité, et aussi ce qui s'est passé dans ses rêveries, dans son monde imaginaire.

Ian McEwan est considéré comme l'un des meilleurs écrivains pour adultes de sa génération. Il a reçu, en 1976, le Somerset Maugham Award pour son premier recueil de nouvelles, *Premier amour, derniers rites*, et a, depuis lors, publié plusieurs romans, dont *Le jardin de ciment, Un bonheur de rencontre*, (adapté au cinéma). Aux Éditions Gallimard, il a publié *L'enfant volé* qui a reçu le prestigieux Whitbread Novel of the Year Award (1987) et le prix Fémina étranger 1993, *L'innocent, Les chiens noirs, Sous les draps et autres nouvelles.*
Son dernier roman paru en Angleterre, *Amsterdam*, a remporté le Booker Prize.

## ANTHONY BROWNE

### L'ILLUSTRATEUR

Anthony Browne est né à Sheffield dans le nord de l'Angleterre en 1946. Il vit dans le Kent avec sa femme et ses deux enfants, Joseph et Ellen. Il a étudié les arts graphiques au Leeds College of Art dont il est diplômé. Après avoir travaillé quelque temps pour la publicité, il se dirigea vers la création de cartes de vœux et de livres pour enfants. Anthony Browne se consacre aujourd'hui complètement à la littérature enfantine. Le plus souvent, il écrit les textes qu'il illustre. Il a publié plus de vingt-cinq livres parmi lesquels il faut citer *Alice au pays des merveilles,* de Lewis Caroll, *Zoo,* qui a obtenu le Kate Greenaway Medal, et *Le secret du jardin,* de Janni Howker, publié aux Éditions Gallimard Jeunesse.
« J'avais lu tous les romans de Ian McEwan, se souvient Anthony Browne. Je le considérais comme l'un des plus grands talents de notre génération. Vous imaginez ma joie lorsque j'appris qu'il avait écrit son premier livre pour enfants et qu'il avait pensé à moi pour l'illustrer… Au début, il souhaitait que je fasse ressortir l'étrangeté de certaines scènes, tandis que pour moi ce roman était avant tout plein de finesse, tendre et drôle. Nous nous sommes cependant vite entendus. Je dois avouer que dans ma représentation de Peter, il y a beaucoup de mon fils Joseph, qui est lui aussi un rêveur. »

Maquette : Françoise Pham

Loi n°49-956 du 16 juillet 1949
sur les publications destinées à la jeunesse
ISBN 2-07-052415-9
Numéro d'édition : 88755
Numéro d'impression : 82418
Dépôt légal : janvier 1999
Imprimé par l'Imprimerie Hérissey, à Évreux